[新訳]フィガロの結婚

付「フィガロ三部作」について

ボーマルシェ[作]
鈴木康司[訳・解説]

Beaumarchais

La Folle journée ou
Le Mariage de Figaro

大修館書店

目次

第一部

『てんやわんやの一日あるいは
フィガロの結婚』
ボーマルシェ作　五幕散文
（一七八四年四月二七日初演）

《登場人物の性格と衣装》

アルマビーバ伯爵：いかにも貴族然とではあるが、優雅にそして自由闊達《かったつ》に演じられなければならない。心の腐敗は彼の上品な振る舞いからはまったく感じられない。この当時の風習からみれば、大貴族たちは戯れに女性たちを口説くのが当たり前であった。この役はいつも脇役になるだけに一層きちんと演じるのが困難である。だが、（モレ氏（一）のように）優れた役者が演じてくれたので、他のすべての役柄が見事に際立ち、作品の成功が確実になった。

一幕と二幕における衣装は、脛の中ほどまでのブーツを履き、かつての（二）スペインの狩猟服。三幕目から最後まではこれまたかつての豪奢な衣装。

伯爵夫人：相反する二つの感情に揺り動かされている彼女は、抑制された情感、あるいはきわめて抑えた怒りだけを表さなければならない。特に、彼女の愛すべき、貞淑な性格をおとしめる要素が少しでも観客の目に触れてはならない。この芝居で最も難しい役柄のひとつであったが、サン＝ヴァル妹嬢（三）の素晴らしい才能は彼女の名声を大いに高からしめた。

一幕、二幕と四幕の衣装は動きやすい前開きの長い室内用ガウンで、髪には何も飾りはない。自宅であり、体調が優れないと思われているからだ。五幕目ではシュザンヌの衣装と丈の高い被り物。

フィガロ：この役を演じる俳優には、ちょうどダザンクール氏(四)が演じたように、役柄の精神を徹底してつかみきるように願ってしかるべきである。もしも俳優がこの役に陽気さと才気を巧みにまじえた理性以外のもの、特にほんの少しでも重々しさを加えてしまえばこの役を台無しにしてしまうだろう。喜劇界の第一人者たるプレヴィル氏(五)は、この役柄が備える数多くのニュアンスを理解して、作者が構想した役柄全体にまで達することができる役者なら、誰にとってもこの役は役者の才能の名誉となるに違いないと判断してくれたのだ。

(一) フランソワ・モレ（François Molé 一七三四〜一八〇二）コメディ＝フランセーズの俳優、貴族の父親役を得意とした。一七八六年、一座の筆頭役者（doyen）となる。

(二) 一七六六年、スペインでは衣服の改革が行われ、肩マント cape や縁の垂れた帽子 chapeau tombant が廃された。ボーマルシェのスペイン滞在は一七六四年から六五年にかけてであったから、彼自身がなじんでいた服装はすでに「かつての」という但し書きが必要になっていたのだろう。

(三) ブランシュ・サン＝ヴァル（Blanche Saint-Val 一七五二〜一八三六）コメディ＝フランセーズの女優、魅力たっぷりなコケット役として知られた。

(四) ジョゼフ・ダザンクール（Josephe Dazincourt 一七四七〜一八〇九）コメディ＝フランセーズの俳優、特に下僕役を得意とした。

(五) ピエール・プレヴィル（Pierre Préville 一七二一〜一七九九）有名な喜劇俳優、一七七五年の『セビーリャの理髪師』初演ではフィガロを演じた。一七七八年には一座の筆頭役者となる。

衣装は『セビーリャの理髪師』の時と同じ(六)。

シュザンヌ：利発で才気に溢れ、よく笑う若い娘だが、人々を堕落させる例の小間使いたち(七)が示す、ほとんど恥知らずな陽気さとは違う。その愛らしい性格は序文に描いた通りだが(八)、その点をこそコンタ嬢(九)を見たことのない女優はしっかり学んで、理解すべきである。

最初の四幕での衣装は、小さなペプラム飾りの下がった体にぴったりの、非常にエレガントな白い胴衣。スカートも同じで、それにトック帽であるが、これは上演以後、女商人たちにシュザンヌ風(一〇)と呼ばれるようになった。四幕目の祝宴で伯爵は彼女の頭に、長いヴェール、背の高い羽飾りと白いリボンの付いたトック帽を被せる。五幕では女主人の部屋着をまとい、頭には何も飾らない。

マルスリーヌ：才気ある女性。どちらかといえば生来活発なたちだったが、過去の過ちや経験によって性格が変わってしまった。この役を演じる女優が、相応しい矜持をもって、三幕目のめぐりあいに続く優れた精神のレベルまで達するなら、作品の興味を大いに盛り上げてくれるだろう。

衣装はスペイン風の、家庭内で子女に付き添う老女が着る地味な色調のもの、頭にはボンネット。

アントニオ：ほろ酔い気分であることだけはしっかりと見せなければならないが、この酔いは徐々に冷めて行き、五幕目にはもうほとんど感じられなくなる。

衣装はスペインの農夫風、両袖を背中に垂らしている。白い帽子と靴。

ファンシェット：天真爛漫な十二歳の少女。そのかわいらしい服装は飾り紐で縁取られ、銀色の

（六）『セビーリャの理髪師』における登場人物の作者解説によれば「頭はヘアネットで留める。白い帽子、山の周りはカラーリボン。首には絹のネッカチーフがゆったりと巻かれている。サテンのチョッキと半ズボン。ボタンとボタン穴は銀糸でかがってある。大きな絹のベルト、靴下止めには房が付いて両膝に垂れ下がっている。派手な色の上着にはチョッキと同じ色の大きな折り返し。白い靴下とグレイの靴。」とある。

（七）当時の小間使いたちはしばしば色事の橋渡し役となったり、自分も色事にはげんで男たちの欲望を満たしていた。アカデミー・フランセーズの辞書によれば蔑称として使われることが多かったという。

（八）「才気に溢れ、如才ない、朗らかな侍女シュザンヌはなにゆえ、これほどわれわれを惹きつけるのだろうか？それは、彼女のような身分の娘を自分の意に従わせるのに必要以上の強みを持った、権力を持つ誘惑者に迫られながらも、ためらうことなく伯爵の意図を、二人の大きな利害関係者、即ち、女主人と自分のフィアンセに打ち明け、しっかりと監視してもらったところにある。この芝居のほとんどすべてにわたり、彼女の役割の中で、その叡智と自分の務めへの献身をはっきり示さない言葉、台詞はひとつもない。彼女があえて自分に許した唯一の策略は、女主人によかれと思うからであり、主人に対する彼女の献身は貴重で、その願いは誠実なものである。」（『フィガロの結婚』序文より）

（九）ルイーズ・コンタ（Louise Contat 一七六〇〜一八一三）コメディ=フランセーズの女優、娘役として活躍した。

（一〇）この作品の成功を証明するものだろう。

ボタンの付いたブラウンの胴着に、派手な色のスカート、頭には羽飾りの付いたトック帽。婚礼の際、他の農家の娘たちの服装もこれと同じ。

シェリュバン：この役柄は、実際の上演でそうだったように、若くて非常に美しい女性でないと演じられない。わが国の演劇界にはこの役の繊細さをしっかりと感じ取れるほどよくできた若い男優はいない。伯爵夫人の前では借りてきた猫のようにおとなしいが、他ではチャーミングないたずらっ子。漠然とした満たされない欲望が彼の性格の根底にある。思春期に差しかかっているが、何をしたいのかもわからず、知識もない。何かことが起これば全身でそれに向かう。要するに、どんな母親でもおそらく心の底では、いかに苦労させられても自分の息子がそうあって欲しいと思うような存在である。

一幕目と二幕目における彼の贅沢な衣装は、スペイン宮廷小姓の服装で白く銀色の刺繍が入ったもの。肩には薄いブルーのマント、それに羽飾りの付いた帽子。四幕目には、彼を連れてくる農家の娘たちと同じ胴着、スカート、トック帽。五幕目は士官の制服、軍人用バッジと剣。

バルトロ：『セビーリャの理髪師』と同じ性格と服装（一一）。この芝居では脇役でしかない。

バジール：『セビーリャの理髪師』と同じ性格と服装（一二）。彼もまたここでは脇役でしかない。

ブリドワゾン：もはや気後れというものを無くした愚か者たちが示すあのたっぷりとあからさまな自信を持たなくてはならない。彼がどもるのは、付け加えられたもうひとつの風情ではあるが、外からはほとんど感じられない。この点に役柄の面白さを求めようとする俳優がいるとすれば、それは大きな間違いで、誤った演技を示すことになろう。滑稽な性格であるだけに、彼の身分の重さとはまったく正反対の人物である。だが俳優はこのことを強調しなければしないほど、本当の才能を示すであろう。
衣装はスペインの裁判官のガウンで、フランスの代訴人のガウンほどゆったりしてはいない。むしろ神父の着るスータンに近い。大きなかつら、首にはスペイン風の大きな胸飾り、手には白色の長い杖(一三)。

ドゥブル=マン：裁判官と同じ服装だが、もっと短い白色の杖。

廷吏あるいはスペインの警吏：クリスパンの衣装(一四)、マントと剣、ただし剣は革ベルトなしで身体の脇で持つ。ブーツではなく、黒靴で、生え際の白い長髪の、縮れたかつら。短い白色の杖。

グリップ=ソレイユ：農民の服装、両袖は垂らしている、派手な色のジャケット、白い帽子。

羊飼いの娘：衣装はファンシェットと同じ。

(一一) ボタン付きの短い黒服。大きなかつら。鬢襟《ひだえり》と折り返しの袖口。黒いベルト。外出時は緋色のマント。

(一二) ふちの下がった黒い帽子。聖職者用の短いスータンと長いマント。襟飾りも袖飾りもない。

(一三) スペインの司法官を象徴するもの。

(一四) クリスパン Crispin は一七世紀の喜劇役者レーモン・ポワッソン Raymond Poisson（一六三〇？〜一六九〇）創始による下僕役。袖飾りと襟飾りの白以外は全身黒ずくめの衣装に黒長靴を履き、お椀帽をかぶる。人物クリスパンはポワッソンの子、孫と四代に渡って受け継がれ、喜劇史上の一大系譜を成した。

ペドリーユ：ジャケットにチョッキ、ベルト、鞭と郵便配達用ブーツ。頭にヘアネット、配達夫の帽子。

台詞なしの登場人物：裁判官の服装で数人、他に農民の服装やお仕着せを着た数名。

《作品の粗筋》

この上なくおどけた筋立て。スペインのある大貴族が若い娘を好きになり、誘惑しようとする。その娘とフィアンセ、大貴族の妻が力を合わせて、この、地位から見ても財産から見ても、贅沢三昧に金を使うことからも、それを実行するに十全の力を持っているこの絶対君主の企てを失敗させようとする。それがすべて、付け加えることはない。皆さんはこれから作品を目のあたりにされる。

《登場人物》

アルマビーバ伯爵　アンダルシア地方の最高判事
伯爵夫人　その妻
フィガロ　伯爵の家令で館の管理人
シュザンヌ　伯爵夫人の侍女頭、フィガロのフィアンセ
マルスリーヌ　女執事
アントニオ　館の庭師、シュザンヌの伯父でファンシェットの父

ファンシェット　アントニオの娘
シェリュバン　伯爵の筆頭小姓
バルトロ　セビーリャの医者
バジール　伯爵夫人のクラヴサンの教師
ドン・ギュズマン・ブリドワゾン　次席判事
ドゥブル=マン（一五）　書記でドン・ギュズマンの秘書
廷吏
グリップ=ソレイユ　若い羊飼い
羊飼いの娘
ペドリーユ　伯爵の厩務員

台詞のない人物たち

従僕のグループ　　農民の娘グループ　　農民グループ
舞台はセビーリャから三里《リュー》（一六）ほど離れたアグワス=フレスカスの館

（一五）「二重の書き手」の意。書記で判事の秘書というのが表向きの意味だが、相手次第でよくも悪くも書いてみせるからという作者の諧謔《かいぎゃく》がこめられている。
（一六）リュー lieue　メートル法以前の昔の距離単位、一リューは約四キロ。

第一幕

舞台は半ば家具を取り払った寝室。病人用の大きな肘掛け椅子が真ん中にある。フィガロは物差しを手にして床を測っている。シュザンヌは鏡の前で、花嫁の帽子と呼ばれているオレンジの小さな花束を髪に挿している。

第一景

フィガロ、シュザンヌ

フィガロ　一九歩《ピエ》かける二六と(一)。
シュザンヌ　ねえ、フィガロ、ほらあたしのかわいい帽子、この方がいいかしら?
フィガロ　(彼女の両手を取って)文句なしだ、素敵だなあ。ほんとに、このきれいな花嫁用の花束が、婚礼の朝美しい娘の髪に挿してあるのを目にするフィアンセは、恋心でいっぱい、ただもううっとりするばかりさ!…

シュザンヌ　（身体を離して）ねえ、そこで何を測ってるの、あんた？
フィガロ　ああ、シュザンヌ、この大きなベッド、殿様がおれたちに下さるベッドがここでぴったりかどうか見ているのさ。
シュザンヌ　この部屋で？
フィガロ　おれたちに部屋を譲ってくださるんだ。
シュザンヌ　あたしは嫌よ。
フィガロ　なぜだい？
シュザンヌ　嫌なのよ。
フィガロ　だから、どうして？
シュザンヌ　この部屋、気に入らないの。
フィガロ　訳のひとつぐらい言うもんだ。
シュザンヌ　言いたくなかったら？
フィガロ　まったく！　女ってのはおれたち男に自信を持つとこれだ！
シュザンヌ　立派な訳があるとはっきりさせるのは、訳もなく突っ張ることもあるって認めるようなものじゃないの。言うことを聞いてくれるの、くれないの？

（一）　ピエ pied はメートル法以前の昔の単位で〇・三二四メートル。日本の昔の単位である尺に近い。

フィガロ　館で一番便利な部屋、お二方の続き部屋の真ん中にあるこの部屋が気に入らんと言うのかい。夜、例えば奥様のご気分が優れない時、鈴を鳴らされる。それっと、お前はたった二歩でお部屋にうかがえるんだ。お殿様が何かお望みなら？　これまた鈴を鳴らされればいい。はいよって、今度はおれがほんの三歩跳んで参上するのさ。

シュザンヌ　結構なこと！　でもね、お殿様が朝、例えば鈴を鳴らしてあんたに何かたっぷり時間のかかる仕事をお言いつけになる、それっと、たった二歩であの方はこの部屋のドアの前、はいよって、ほんの三歩跳べば…

フィガロ　どういう意味だ、そりゃあ？

シュザンヌ　落ち着いて聞いてくれなくちゃあ。

フィガロ　おい、なんだいそりゃあ、いったい？

シュザンヌ　こういうことなの、あんた。ご近所の美人たちに言い寄るのに飽きたアルマビーバ伯爵さまはね、お館に戻るお気持ちになったの、でも、奥様の元にじゃないのよ、あんたの奥さんに目をつけたって訳、わかったでしょ、それにはこの部屋がぴったりだと思ってらっしゃるんだわ。お殿様のお楽しみの忠実な手先で、あたしの歌のご立派な先生、あのごますりバジールが、毎日、レッスンしながらあたしに吹き込んでるの。

フィガロ　バジールのやつか！　あの、糞ったれが！　背骨を生木でさんざんぶん殴ってやれば曲がった根性が見事に治るってんなら…

シュザンヌ　あたしに下さる持参金だって、あんたの働きが立派だからと思ってたんでしょう、お人好しねえ。
フィガロ　それだけのことはしたがな(二)。
シュザンヌ　お利口さんてのは、ほんとにお馬鹿さんだね。
フィガロ　よくそう言うな。
シュザンヌ　でもそれを認めようとしないくせに。
フィガロ　それはいかんな。
シュザンヌ　いいこと、お殿様はね、この持参金でもってこっそりあたしから十五分ほど二人っきりの時間を手に入れようってのさ、ほら、昔の領主さまの初夜権って…どんなに嫌なものだったか、知ってるでしょうに！
フィガロ　知ってるからこそ、伯爵さまが結婚に際してあの恥ずべき権利を廃止されなかったら、お前とは絶対に伯爵領では結婚しなかったさ。
シュザンヌ　でもね！　いいこと、あの方は廃止したけど、それを後悔なさってるのよ。で、あんたのフィアンセから今日、秘かに買い戻したいの。

(二)　前作『セビーリャの理髪師』でフィガロはアルバビーバ伯爵を助けてロジーヌと首尾よく結婚させた。

フィガロ　（額をこすりながら）おれの頭は驚いてふやけちまったぞ、で、養分で肥えたこの額からは…（三）。

シュザンヌ　だから、こすっちゃだめ。

フィガロ　なんかまずいことあるのか？

シュザンヌ　（笑って）ちっちゃなにきびでも出てごらん、迷信好きな連中が…。

フィガロ　笑ったな、このいたずら娘！　ああ、もしもあの女たらしを一杯食わし、罠にはめて、金はこちらが頂く手があればなあ！

シュザンヌ　はかりごととお金なら、あんたのおはこでしょう。

フィガロ　こちとらの恥になるから嫌だと言うんじゃない。

シュザンヌ　怖いの？

フィガロ　危険なことを企てるのはなんでもないが、危ない橋をさっそうとうまく渡りきるのはまた別さ。だってそうだろう、夜、他人の家に忍び込み、奥さんを寝取ったはいいが、おかげでさんざん鞭でぶちのめされる、こんなのはなんてことはない。大勢の馬鹿者どもがこれまでたくさんやってるさ。だが…（奥で鈴が鳴る）

シュザンヌ　ほら、奥様がお目覚めよ。婚礼の朝は誰よりも先に声をかけてちょうだいってしっかり頼まれたの。

フィガロ　それにもまだ何か訳があるのかい？

シュザンヌ　羊飼いの言い伝えでは、そうすればご亭主にかまわれなくなった奥さんに幸せが来るんだって。じゃあね、あたしのかわいいフィ、フィ、フィガロさん。今の件、考えといてね。

フィガロ　いい知恵が浮かぶように、ちょっとだけキスしてくれよ。

シュザンヌ　今日のあたしの恋人にかい？　喜んでと言いたいけど！　明日の亭主がなんと言うかしらね？（フィガロは彼女にキスする）

シュザンヌ　さあ！　さあ！

フィガロ　おれの愛する気持ちがちっともわかってないんだな。

シュザンヌ　（服のしわを伸ばして）うるさい人ねえ、いつになったらそんな話をやめてくれるの、朝から晩までじゃない？

フィガロ　（意味ありげに）晩から朝までそれを証明できるようになったらさ。（二度目の鈴が鳴る）

シュザンヌ　（離れたところから、合わせた指を口に当てて）はい、これがお返しのキスですよ、旦那様、もうこれ以上はなんにもなし。

フィガロ　（後を追いかけて）おい！　そんなつれないキスじゃなかったぞ…

（三）　寝取られ亭主の頭からは角が生えるという言い伝え。

第二景

フィガロ（ひとりで）

フィガロ　なんて素敵な娘《こ》だ！　いつもにこにこと、若さに溢れ、陽気で、気が利いて、愛らしくって、魅力たっぷり！　しかも身持ちが固いんだから！……（彼は手をこすり合わせながら勢いよく歩き回る）いや！　お殿様！　親愛なるお殿様！　おいらに一杯食わして…うまくやろうって腹ですかい？　どうもおかしいと思ってたんだ、おいらを館の管理人に命じたくせに、大使の仕事に連れて行き、外交至急文書の届け役にするなんて。わかりましたよ、伯爵閣下、いっぺんに三つの昇進人事ですな。あなたはご立派な大使さま、おいらは政治向きの走り使い、シュゾン(四)はといやあ任地でのお手軽な大使夫人だ。そうしておいて、伝令役よ、馬に鞭打って走れって訳か！　おいらが片方で走り回っている間に、あなたはおいらの彼女になんとも恐れ入った道を歩ませようって気だな！　こちとらはあなた一家の名誉のため、泥にまみれ、へとへとになってるのに、あなたはおいらの家族が増えるよう、喜んで手を貸そうってんだ！　なんとまあ嬉しい助け合いだ！　だがね、お殿様、そいつはやり過ぎってものですぞ。ロンドンであなたのご主君と家来の用事を同時に果たそうなんて！　外国の宮廷で王様とおいらを一緒に代表しようなんて、あまりに虫が良すぎますぜ、半分でたくさんでしょうが。で、今度はお前の番だ、バジール、見習いペテン師め！　嫌《いや》ってほど思い知らせてやる。おいらが…いや待て、やつらには知らん顔をしていよう、ひとりずつぐっさりやるためにはな。さあ、フィガロの旦那、今日一日が勝負だぞ！　まずは、あんたの結婚式の時間を早めること、いっそう確実に結婚するためだ。それからあんたにぞっこん惚れ込んでるマルスリーヌとかいうのを遠ざけて、金《かね》とプレゼントをしっかり懐に、それと伯爵閣下のくだらん恋心をはぐらかし、バジール旦那をびしばしと痛めつけ、その上…(五)。

第三景

マルスリーヌ、バルトロ、フィガロ

フィガロ　(独り言をやめて) おや、おや！　でぶの医者がおでましだ。これで結婚式も申し分ないことになるな。どうも、今日は、心から親愛なる先生！　この私めとシュゾンの婚礼にご列席くださろうとこの館にお出かけくださいましたかな？

バルトロ　(軽蔑的に) いや！　いや！　あなた、とんでもない。

(四)　シュザンヌの愛称、劇中ではしばしば使われる。

(五)　モーツァルトのオペラ『フィガロの結婚』*Le Nozze di Figaro* では、このモノローグが、フィガロのそうはさせないぞというカヴァティーナ「伯爵さま、踊りたければギターを弾いてさしあげましょう」に利用されている。

フィガロ　確かにそれだとあまりにも寛大ですから！
バルトロ　その通り、しかも、あまりに愚かなことじゃ。
フィガロ　不幸にもわたしめはあなた様のご結婚を邪魔いたしましたからなあ(六)！
バルトロ　他《ほか》にしゃべることはないのか？
フィガロ　あなた様の騾馬《らば》の世話は誰もしやしませんよ(七)！
バルトロ　(怒って)頭のおかしなおしゃべりめ！　放っといてくれ。
フィガロ　お怒りですかな、先生？　あんた方医者ってのはまったく血も涙もないですねえ！

　哀れな動物どもに情けをかけようって気は、全然ないし、いや、人間どもに対しても同じでしたな！　失礼するよ、マルスリーヌ、相変わらず、おいら相手に訴訟するつもりかい？

　「愛さずとはいえ、憎み合うべきか？」(八)

　こいつは先生にお任せするとしようや。

バルトロ　なんだ、それは？
フィガロ　後は彼女がたっぷり話しますよ。

(彼は退場)

第四景

マルスリーヌ、バルトロ

バルトロ　（フィガロが出て行くのを見ながら）あのろくでなしは相変わらずだな！　生きたまま皮でも剥ぎ取らん限り、やつの鉄面皮は死ぬまで直らんだろう…

マルスリーヌ　（バルトロを向き直らせて）やっと来てくださったのね、代わり映えしない昔っからのお医者さま！　いつも変わらず真面目くさって、四角四面、これじゃあ、病人はあなたの救いを待ってるうちに死んでしまいそう。以前、あなたが用心を重ねてもあの方に結婚されてしまったようにね。

バルトロ　相変わらず辛辣《しんらつ》で喧嘩腰だな！　はて、いったいなぜ、館でこのわしが必要なのかな？　伯爵殿に何か起きたのかな？

（六）前作『セビーリャの理髪師』でフィガロはアルマビーバ伯爵を助けてロジーヌと結婚しようとするバルトロの望みを打ち砕いた。

（七）『セビーリャの理髪師』の二幕目でフィガロはバルトロの盲目の騾馬《らば》の目に湿布をして使えなくする。

（八）ヴォルテール作の喜劇『ナニーヌあるいは正された偏見』*Nanine ou le Préjugé vaincu*（一七四九演）の三幕、第六景からの引用。

マルスリーヌ　いいえ、先生。
バルトロ　では、例のロジーヌ、外面《そとづら》だけはしおらしい伯爵夫人が、幸いにも体調を崩したか？
マルスリーヌ　奥様はおやつれですよ。
バルトロ　とはまたどうして？
マルスリーヌ　殿様に放っとかれてね。
バルトロ　（喜んで）ほう、ご立派な亭主だ、わしの仇を討ってくれるとは！
マルスリーヌ　伯爵をなんと言えばいいかしら、やきもち焼きのくせに浮気者で。
バルトロ　退屈しのぎに浮気三昧、体面を気にしてやきもち焼き、それに決まっとる。
マルスリーヌ　今日も今日とて、伯爵はあのシュザンヌを家来のフィガロの嫁にやり、この婚礼をたっぷり祝ってやろうってわけ…
バルトロ　お殿様はそうしないとまずいということか！（九）
マルスリーヌ　そこまでは行ってないわ。でもお殿様はこの婚礼を秘かに花嫁と一緒に盛り上げようっておつもりさね…
バルトロ　フィガロの花嫁とか？　あの男とならそんな取引もできるだろうさ。
マルスリーヌ　バジールはそうじゃないって言ってる。
バルトロ　あのろくでなしまでここに住んどるのか？　まさに悪党どもの巣窟だな！　いったい、やつはここで何をしとるんだ？

マルスリーヌ　あいつのできる悪いことならなんでも。中でも、一番最低なのは、このわたしに惚れて長い間うんざりさせていることね。
バルトロ　わしだったらあんなやつに付きまとわれようが何度でも厄介払いしておるわい。
マルスリーヌ　どうやって？
バルトロ　結婚してやるのさ。
マルスリーヌ　くだらない薄情者、じゃあどうしてこのわたしをそのやり方で厄介払いしなかったんです？　あなたはそうすべきではなくって？　昔の約束を覚えていないの？　わたしたちのかわいいエマニュエル、忘れられた愛情の果実、わたしたちを結婚に導くはずだったあの子の思い出はどうなったの？
バルトロ　（帽子を脱いで）そんな馬鹿話を聞かせるためにわしをわざわざセビーリャから呼んだのかね？　結婚病の発作がまた激しくぶり返して…
マルスリーヌ　それでは、もう止めましょう、こんな話。でも、わたしときちんと結婚しようという意志がないとしても、せめて別の男と結婚する手助けをしてくださいな。
バルトロ　そりゃもう、喜んで。その話に乗ろうじゃないか。だが、天からも、女たちからも見

（九）　バルトロは伯爵がすでにシュザンヌと関係しており、シュザンヌが妊娠しているとかんぐっている。

放されたその男ってのはいったい…
マルスリーヌ　まあ、先生、あのハンサムで、陽気な、愛されるのに相応しいフィガロ以外に誰がいるんです？
バルトロ　あの悪党か？
マルスリーヌ　いつも機嫌がよく、腹を立てたこともない。今現在を楽しんで、将来も過去と同じく気にかけない。さっそうとして、気前もいい人！　その気前のよさといえば…
バルトロ　まるで泥棒同然。
マルスリーヌ　まるで立派なお殿様ですよ。だから魅力たっぷり、でもね、とんでもない情け知らず！
バルトロ　で、やつのシュザンヌは？
マルスリーヌ　誰が渡すもんですか、あんな雌狐に、ねえ、わたしの先生、あの人からもらった約束がものを言うよう助けてくだされればだけど。
バルトロ　やつの結婚当日でもか？
マルスリーヌ　どんなに話が進んでいようが壊せますとも、このわたしが女性のちょっとした秘密を暴くのをためらわなければね。
バルトロ　身体を診てくれる医者に対しても秘密があるっていうのかね。
マルスリーヌ　まあ！　わたしがあなたに秘密なんてないことはご承知のくせに。わたしたち女は燃えやすいけど臆病なんです。そりゃあ、魅力ある男性には快楽へと誘われるけど、でもどんな向こう見ずな女も心の中でこう言う声を聞くの、「できるなら美しくあれ、望むなら思慮深くあれ、だが、絶対に他人様《ひと》からは敬意を払われる存在であれ」とね。だから、絶対に他人様《ひと》から敬意を払われなければと女なら誰しもがその大切さを心得ている以上、まず、あのシュザンヌに、お殿様の申し出をばらすぞと言って脅しましょうよ。

バルトロ　するとどうなるんだ？

マルスリーヌ　シュザンヌは恥ずかしさに首根っこを押さえられ、伯爵を拒み続けるでしょう。で、伯爵はその仕返しにあの女の結婚に反対するわたしの肩を持つことになる。そしてわたしの結婚が確実になるんです。

バルトロ　もっともだわい。確かにそいつはいい手だな、わしのお古の家政婦をあの悪党、わしの恋人を駆け落ちさせたあいつに押し付けるのは。

マルスリーヌ　（勢いよく）しかも、わたしの期待を裏切って、自分はますます楽しもうって悪党よ。

バルトロ　（勢いよく）しかも、わしからあの頃百エキュも盗んだ悪党だ、いまだに腹に据えかねるぞ。

マルスリーヌ　まあ！　なんという喜びでしょう！

バルトロ　極悪人を罰するのは…

マルスリーヌ　あの男と結婚するのはですよ、先生、結婚ですよ！

第五景

マルスリーヌ、バルトロ、シュザンヌ

シュザンヌ　（幅広のリボンの付いた女性用のナイトキャップを手に、女性用のガウンを腕にかけて）結婚する！　結婚するって！　いったいどこの誰と？　あたしのフィガロとですの？
マルスリーヌ　（とげとげしく）なぜいけないの？　あなただってするじゃないのよ！
バルトロ　（笑って）怒った女の理屈はたいしたもんだ！　わしらはな、シュゾンや、あんたを自分のものにする男の幸運を話していたところだよ。
マルスリーヌ　お殿様のことは別にしてね、もちろん口には出しませんよ。
シュザンヌ　（お辞儀をして）恐れ入ります、奥様、あなた様のお話にはいつも何かとげがございますわね。
マルスリーヌ　（お辞儀をして）どういたしまして、奥様、どこにとげがございますの？　気前のよいお殿様が家来に賜る喜びを少々分け合われるのは正しいことじゃございませんか？
シュザンヌ　賜る？
マルスリーヌ　そうですわ、奥様。

シュザンヌ　ありがたいことに、奥様の嫉妬深さは、フィガロについての権利とやらが薄っぺらなのと同じようによく知られておりますものねえ。
マルスリーヌ　その権利も奥様のやり方で固めていれば、もっと強くなったでしょうけどねえ。
シュザンヌ　まあ、そのやり方こそ、奥様、学のあるご婦人方のやり方ではございませんこと。
マルスリーヌ　まあ、小娘にはとても無理ですわね！　まるで老いぼれ裁判官みたいに単細胞ですもの。
バルトロ　（マルスリーヌを引っ張って）さよなら、フィガロさんのかわいいフィアンセや。
マルスリーヌ　（お辞儀をして）お殿様の秘密のフィアンセさま。
シュザンヌ　（お辞儀をして）そのフィアンセはあなた様を大変ご尊敬申し上げておりますわ。
マルスリーヌ　（お辞儀をして）でしたら奥様、もう少し私をかわいがっていただけるとありがたいのですけれど？
シュザンヌ　（お辞儀をして）それでしたら、もうおっしゃるまでもなく。
マルスリーヌ　（お辞儀をして）本当にお美しくていらっしゃいますわ、奥様。
シュザンヌ　（お辞儀をして）とんでもない！　せいぜい奥様を嘆かせる程度でございます。
マルスリーヌ　（お辞儀をして）特に他人《ひと》様の模範になって！
シュザンヌ　（お辞儀をして）模範になるのは付き添いの老女さまでしょ。
マルスリーヌ　（かっときて）老女ですって！　老女ですって！

バルトロ　（彼女を止めて）マルスリーヌ！
マルスリーヌ　行きましょう、先生、もう我慢できそうにないわ。失礼、奥様。（お辞儀をする）

第六景

シュザンヌ、（ひとりで）

とっととお行きなさいな、奥様、何よ、物知りぶって！　あんたがどんなに細工しようと、そんなのあんたの侮辱と同じでちゃんちゃらおかしいわ。まるで年取った巫女じゃないの。いくらか学があるってんで、お若いころの奥様をさんざん苦しめた末に、館のことは何でも取り仕切るつもりなんだから！　（手にしたガウンを椅子に投げ出し）何を取りに来たのかもう忘れちゃった。

第七景

シュザンヌ、シェリュバン

シェリュバン　（駆け寄って）ああ、シュゾン！　二時間も前から君がひとりになるのを待ってたんだ。辛いなあ！　君は結婚するし、僕はここを出て行くんだ。

シュザンヌ　あたしが結婚するからって、どうしてお殿様の筆頭小姓がお館から出て行くのよ？
シェリュバン　（哀れっぽく）シュザンヌ、僕は首になったんだ。
シュザンヌ　（シェリュバンの口真似をして）シェリュバン、さぞ馬鹿なまねをしでかしたんだろうねえ！
シェリュバン　昨日の夕方、君の従妹《いとこ》のファンシェットのところで、今夜のお祝いに彼女がやる無邪気な娘の役を稽古してたんだよ、そしたら殿様に見つかっちゃって、あの方は僕を見るとかんかんになられたんだ！「出て行け」って言われて、「このチンピラの…」あんなひどい言葉、ご婦人の前では到底言えない…。「出て行け、明日からこの館に留まることは許さん」。もしも、奥様が、僕の名付け親のあの美しい方が殿様の気持ちをなだめてくださらなければ、もうおしまいだ、シュゾン、君に会う幸せを永久に奪われるんだ。
シュザンヌ　あたしに会うですって！　あたしに？　今度はあたしの番なのね！　じゃあ、もう、あんたが秘かに恋焦がれているのは奥様ではないんだわね？
シェリュバン　ああ！　シュゾン、あの方はなんて気高くて美しいんだろう！　だけどなんと威厳がおありで近づき難いんだ！
シュザンヌ　ということはつまりあたしはそうでないから、あたしには図々しく手が出せるって…。
シェリュバン　わかりきってるくせに、意地悪、僕がそんなことできるわけがないって。でもなんて君は幸せなんだ！　いつだって奥様にお会いし、話もする、朝にはドレスを着せてさしあげ、夜は脱がせてさしあげる、一本一本ピンをはずして…ああ！　シュゾン！　そのためなら僕は命だって…。そこに持ってるのはなんだい？

シュザンヌ　（からかって）残念だわねえ！　幸せなナイトキャップと運のいいリボンよ、夜、あの美しい名付け親の奥様の髪をお包みする…

シェリュバン　（勢いよく）奥様の夜のリボンだって！　僕におくれよ、愛しい人！

シュザンヌ　（リボンを引っ込め）とんでもない！「愛しい人」だなんて！　まあ、なれなれしいこと！　これが取るに足らない小僧っこでなければ…（シェリュバンはリボンをひったくる）あっ！　リボン！

シェリュバン　（大きな肘掛け椅子の周りを回って）どこかに置き忘れたとか、破れたとか、なくなったとか言ってよ。なんでも好きなこと言えば。

シュザンヌ　（追いかけて回りながら）まあ！　三、四年も経てば、あんたはさぞやろくでなしの小僧になるだろうね！　リボンを返してったら？（リボンを取り返そうとする）

シェリュバン　（ポケットから恋歌《ロマンス》を引っ張り出し）おくれよ、ねえ！　頼むから、おくれよ、シュゾン。僕の恋歌《ロマンス》をあげるからさあ。君の美しいご主人の思い出がいつでも僕を悲しませるにせよ、君を思い出すたびに唯一喜びの光がさすような気がして心楽しくなるだろうからさあ。

シュザンヌ　（恋歌《ロマンス》をひったくり）心楽しくですって、おちびさんの悪党が！　あんたのファンシェットにでもしゃべってるつもり？　あの子のところにいる現場を押さえられたくせに、奥様をお慕いしてるんだから。その上、今度はあたしを口説くときてる！

シェリュバン　（興奮して）本当だ、その通りだ！　僕はもう自分で自分がわからない（一〇）。でも、しばらく前から胸がときめいて、女性を見るだけで心臓がどきどきするんだ。恋とか官能の楽しみとかいう言葉に心が震え、乱れる。しまいには誰かに「あなたを愛しています」と言いたい気持ちが膨れ上がり、たったひとり、庭園を走り回って君のご主人さまや、君に、木々に、雲や風にもそれを言うんだよ、すると、風は僕のむなしい言葉と一緒にそんなものをみんな持って行ってしまうんだ。昨日もマルスリーヌに会ったけど…

シュザンヌ　（笑う）あっはっはっは！

シェリュバン　どうしてさ？　あれだって女性だよ！　しかも未婚の！　娘！　女性！　ああ、なんて甘い言葉だ！　なんて惹きつけられる言葉だろう！

シュザンヌ　とうとう気が違ったんだ！

シェリュバン　ファンシェットは優しいよ。少なくとも僕の話に耳を傾けてくれるもの。優しくないな、君は！

（一〇）　モーツァルトのオペラでは一幕六曲目のケルビーノのアリア、「自分で自分がよくわからない」がこの台詞を受けて創られた。

シュザンヌ　お気の毒さまね。いいからお聞き、あなた！（彼女はリボンを取り返そうとする）
シェリュバン（回って逃げる）いや！　ごめんだね！　僕の命と引き換えなら返すさ、いいかい。でも、それで足りなきゃ、たっぷりキスしてあげるぜ！（今度は彼の方が彼女を追い回す）
シュザンヌ（回って逃げながら）近づいたら、横っ面を張り飛ばすわよ。奥様に言いつけてやるから。それから、とりなしてあげるどころか、あたしの口からお殿様にこう言うわよ。「よくぞなさいました、お殿様、あのこそ泥を追放してくださいませ。奥様に恋している振りをしながら、その見返りに四六時中私にキスしようとする悪いちびっ子のご家来を、親元に送り返してくださいませ。」
シェリュバン（伯爵が入ってくるのを見て、恐怖に駆られ、肘掛け椅子の背後に飛び込む）もう、だめだ！
シュザンヌ　何よ、震え上がって！

第八景
シュザンヌ、伯爵、シェリュバン（隠れている）

シュザンヌ（伯爵を見て）まあ！　…（シェリュバンを隠せるように肘掛け椅子に近づく）
伯爵（近づいてきて）どぎまぎしておるね、シュゾン！　独り言を言っておったが、お前のかわいい心は揺れ動いて…もっとも、無理はない、このような日だ。
シュザンヌ　（困惑して）お殿様、なんのご用でございましょう？　もしも、私と二人っきりのところを人に見られでもしますと…。
伯爵　そうなればわしだって困る。だが、お前も知っての通り、わしはお前に好意を持っているのだよ。バジールがわしの想いを伝えなかったはずはなかろう。ちょっとしか時間がない、わしの考えを話そう。まあお聞き。（彼は肘掛け椅子に腰を下ろす）
シュザンヌ　（気色ばんで）何も聞きません。
伯爵　（彼女の手を取り）一言だけ。知っとるだろう、王様はこのたびわしをロンドン駐在の大使に任命された。わしはフィガロを連れて行く。立派なポストを与えるつもりだ。で、妻たる者の義務は夫について行くことだから…
シュザンヌ　ああ！　思い切って言えるものなら！
伯爵　（彼女を引き寄せて）言うがよい、話してごらん、愛しい娘《こ》だ。今日はお前がわしに対して生涯持ち続ける権利を行使してよいのだ。
シュザンヌ　（おびえて）そんなもの、欲しくはございません、お殿様、欲しくはございません。お放しください、お願いです。
伯爵　だが、まずは言いたいことを言うがいい。
シュザンヌ　（怒って）何を言いたかったか、忘れてしまいました。

伯爵　妻たる者の義務についてだよ。

シュザンヌ　それでは！　お殿様が奥様をあの医者のところから連れ出され、愛に満ちた結婚をされて、奥様のためにある種の忌まわしい領主の権利とやらを廃止なさいました時…

伯爵　（陽気に）娘たちにはまさに悩みの種だった権利だな！　ああ、シュゼット（二）や！　あの魅力的な権利！　お前がそれについて夕暮れ時に庭に来て話してくれたら、そのちょっとした好意にわしは大いに報いるつもりなのだが…。

バジール　（外で言う）お部屋にはおられないぞ、殿様は。

伯爵　（立ち上がり）あの声は何だ？

シュザンヌ　ああ、なんてひどいことに！

伯爵　出て行くがいい。誰も入らないように。

シュザンヌ　（困惑して）お殿様をここに残して？

バジール　（外で大声を出し）お殿様は奥様のところにおいでだったが、そこを出られた。ちょっと見てこよう。

伯爵　隠れる場所もないぞ！　ああ！　この肘掛け椅子の後ろなら…うまくないな。とにかくやつを早く追っ払ってくれ。

（シュザンヌは伯爵の道をふさぐ。伯爵は彼女をそっと押しやる。彼女は後ずさりし、伯爵と小姓の間に立つ。伯爵が身をかがめて、場所を取る間に恐れおののくシェリュバンは椅子を回り、肘掛け椅子の上に跳び上がってひざまずき、うずくまる。シュザンヌは持ってきたガウンを取り、それで小姓を覆い、肘掛け椅子の前に立つ。）

第九景

伯爵、シェリュバン（隠れている）、シュザンヌ、バジール

バジール　殿様をお見かけしなかったかね、お嬢さんや？
シュザンヌ　（つっけんどんに）あら！　どうしてあたしがお見かけするのよ？　ほっといてちょうだい。
バジール　（近づいて）あんたがもう少し聞き分けがよければ、わしの質問に驚くことはないはずだがね。フィガロが殿様をお探ししているのさ。
シュザンヌ　じゃあ、彼はあなたに次いで自分に悪しかれと思う人を探しているのかしら？
伯爵　（傍白）ひとつ、奴さんの忠義ぶりを見てやろう。
バジール　妻によかれと願うのは、そのご亭主に悪しかれと望むことなのかね？
シュザンヌ　あなたのおぞましい主義主張によれば、違うんでしょうね、人を堕落に誘う代理人

（一一）　シュゾンと同じく、シュザンヌの愛称。

さん！

バジール　あんたに求められているものがなんだって言うんだね、どうせ他の男に気前よく振る舞ってやるものだろうが？　心楽しいセレモニーのおかげで、昨日は禁止されていたことを、明日ははげめ、はげめと言われるんだから。

シュザンヌ　恥知らず！

バジール　およそ真面目だと言われるありとあらゆるものの中で、結婚てやつは一番ふざけた代《しろ》物《もの》だから、わしは考えていたのさ…。

シュザンヌ　（怒って）嫌らしいことばかりをね！　いったい誰がここに入っていいって言ったの？

バジール　まあ、まあ、意地悪だなあ！　落ち着いて！　あんたのお望み通りになるんだぜ。だからと言って、フィガロのおっさんをわしがお殿様の邪魔になると見てるなんて思わないでくれ。それに、あの小姓がいなきゃあ…

シュザンヌ　（おずおずと）ドン・シェリュバン？

バジール　（彼女をまねして）愛の小天使《ケルビーノ・ディ・アモーレ》さ、あんたの周りを絶えず歩き回り、今朝もまたわしがあんたと別れた時に中に入ろうとこのあたりをうろついてたじゃないか。嘘だとでも言うつもりかね？

シュザンヌ　でたらめ言わないでよ！　出てってってったら、この意地悪！

バジール　はっきり見通すからこそ意地悪なんだ。小娃が秘密めかしているあの恋歌《ロマンス》だって、あんたに宛てたものじゃないのか？
シュザンヌ　（怒って）まあ！　呆れた、あたし宛ですって！……
バジール　奥様宛に作ったものじゃないとすればね！　実際、噂では、お食事中給仕をする時に、奥様を見つめるあの子の目つきときたら！……だが、やつめ、おふざけが過ぎなければいいが！　奥様のこととなると殿様は容赦なさらんぞ。
シュザンヌ　（かっときて）その上、あんたみたいな悪党がそんな噂を撒き散らして、ご主人の怒りを買った可哀想な子供を破滅させようとするんだわ。
バジール　わしの作り話だと言うのか？　わしが言ったのは、みんながこの話をしてるからさ。
伯爵　（立ち上がり）なんだと、みんなが話しておるだと！
シュザンヌ　ああ！　どうしよう！
バジール　これは！　これは！
伯爵　急げ、バジール、あいつを追い出せ！
バジール　ああ！　とんだお邪魔をいたしました。
シュザンヌ　（困惑して）どうしよう！　どうしましょう！
伯爵　（バジールに）気分が悪いようだ。この肘掛け椅子に座らせよう。
シュザンヌ　（強く押し返して）掛けたくはございません。こんな風に勝手に入るなんて、非常識にもほどがあります！

伯爵　わしら二人、お前と一緒だ。もう何も危険はない！

バジール　私といたしましては、お耳に入るとは知らず、小姓の件でふざけて申し訳ございません。あのように振る舞いましたのもひたすら彼女の気持ちを探ろうとしたまで。と申しますのも、結局は…。

伯爵　五〇ピストール（一二）の金、一頭の馬をつけてやつを両親のもとに送り返せ。

バジール　お殿様、ほんの戯れでございましょうに？

伯爵　あの女たらしの小せがれめ、昨日も庭師の娘といるところをわしに捕まったくせに。

バジール　ファンシェットと一緒で？

伯爵　しかもあの娘《こ》の部屋でだ。

シュザンヌ　（怒って）さぞやお殿様もそこにご用がおありだったのでございましょう！

伯爵　（楽しげに）その目の付け所は気に入った。

バジール　先が楽しみになりますな。

伯爵　（楽しげに）そうとも言えまい。で、わしはお前の伯父のアントニオ、あの飲んだくれの庭師を探していたのだ、仕事を命じるためにな。わしはノックした。ドアが開くまでえらく待たされた。お前の従妹はどうも様子がぎごちない。わしはおかしいぞと思い、あの娘《こ》に話しかけ、おしゃべりしながら様子を窺った。ドアの背後にカーテンかコート掛けかよくわからんものがあって、衣類を覆っていた。何食わぬ顔をしたわしは、ゆっくり、ゆっくりとそのカーテンを持ち上げると…（その時の動作をまねて伯爵は肘掛け椅子のガウンを持ち上げて）おったのだな…（小姓に気付く）ややっ！…

バジール　おや！　まあ！

伯爵　このしわざは昨日のにも劣らんぞ。

バジール　さらに立派なもので。

伯爵　（シュザンヌに）見事だな、実に、お嬢さん！　婚約したばかりだというに、もう不倫の準備かね？　わしの小姓を招き入れたいばかりにひとりぼっちを望んだのか？　次は君だ、シェリュバン君、行いを改めるどころか、名付け母《おや》への敬意も払わず、その侍女頭、友人の妻にとうとう手を出すとはなんたることだ！　だが、わしは自分が大いに評価し、好意を持つ男フィガロが、かような欺瞞的行為の犠牲になるのは断じて許さん。こいつは君と一緒だったのかね、バジール？

シュザンヌ　（かっとなって）欺瞞的行為も犠牲もございません。この子はお殿様が私にお話の間ずっとここにおりました。

（一二）　昔のスペイン・イタリアの金貨でフランスのルイ金貨と同じ重さ。フランスでは一〇リーヴル相当の計算貨幣。

伯爵　（頭にきて）よくもそんなでたらめが言えるな！　どんな残酷な敵でもそこまでこいつの不幸（一三）を願うやつはいないぞ。

シュザンヌ　お殿様におとりなしくださるようなんとか奥様にお願いしてくれと、この子に頼まれていたのでございます。お殿様がいらっしゃいましたので、この子はひどくおびえてしまい、この椅子の陰に隠れましたのです。

伯爵　（怒って）とんでもない嘘をつくな！　わしは入って来るとここに腰を下ろしたんだ。

シェリュバン　ああ！　殿様、私は椅子の後ろで震えておりました。

伯爵　また嘘をつく！　今しがたわし自身がそこにいたんだ。

シェリュバン　はい、でもその時には私、椅子の上で小さくなっておりました。

伯爵　（ますます激高して）おのれ、このちっぽけな…がらがら蛇め！　わしらを盗み聞きしとったか！

シェリュバン　とんでもありません、殿様、何も聞こえないよう懸命に努力しておりました。

伯爵　この裏切り者め！　（シュザンヌに向かい）フィガロとの結婚は許さん。

バジール　お静かに、人が来ます。

伯爵　（シェリュバンを肘掛け椅子から引っ張り起こし、立たせる）全員の前でこいつを立たせておくがいい！

第十景

シェリュバン、シュザンヌ、フィガロ、伯爵夫人、伯爵、ファンシェット、バジール、多数の従僕、白い服を着た農民の男女

フィガロ　（白い羽飾りと白いリボンで飾った花嫁のトック帽を手に、伯爵夫人に向かい）この恩恵を私どもに与えてくださるのは、奥様、奥様をおいてはいらっしゃいません。

伯爵夫人　ご覧の通りですわ、あなた、この人たちは私が持ってもいない影響力があると思っているのです。でも、この人たちの願いは道理に外れてはいませんから…。

伯爵　（困惑して）道理に外れていれば断るところだが…

フィガロ　（小声でシュザンヌに）しっかり応援してくれな。

シュザンヌ　（小声でフィガロに）どうせ、うまくいかないわよ。

フィガロ　（小声で）とにかくやってくれよ。

伯爵　（フィガロに）願いとは何だな?

フィガロ　殿様、臣下一同は殿様が奥様への御愛情から、ある種の忌まわしい権利を廃止されましたことに深い感謝の念を抱き…

（一三）　伯爵の怒りに触れること。

伯爵　はて、あの権利ならすでになくなっておる。何を言いたいのだね、お前は？

フィガロ　（抜け目なく）これほど見事なご主人の美徳は今こそ輝き渡るべき時と存じます。私めにとりましてはまことにありがたい美徳でありますだけに、今日、自分の婚礼に際して、真っ先にそれを寿《ことほ》ぎたいと願っております次第で。

伯爵　（一層、困惑して）冗談ではない！　恥ずべき権利の廃止は婦人の淑徳に対する負債を返したに過ぎない。スペイン男子たる者、美女を射止めんとするのに細やかな心づくしを傾けるのはよいが、この上なく楽しい役目だからといって、まるで農奴の年貢のごとくその権利を真っ先に要求するのは、まったくもって、野蛮人の暴政であり、カスティーリャの貴族に認められた権利ではないのだ。

フィガロ　（シュザンヌの手を引いて）それではどうか、あなた様の叡智でその名誉が守られてまいりましたこの若い娘に、みんなの前で、御手ずから花嫁のトック帽、白い羽とリボンに飾られ、殿様のお気持ちの清らかさを象徴しておりますこのトック帽をお授けくださいますよう。そして今後あらゆる婚礼に際してトック帽のセレモニーを採用してくださいませ、加えて、四行詩の歌のコーラスによりまして永久にこの思い出を…

伯爵　（困惑して）恋する男、詩人、音楽家、この三種類の人間は、どんなにめちゃくちゃな行いをしても許されるということをこのわしがもしも知らなかったら…

フィガロ　みんな、一緒にお願いしてくれ！

一同　お殿様！　どうぞお殿様！
シュザンヌ　（伯爵に）お殿様にこれほど相応しい賛辞をなぜお避けになろうとなさいますの？
伯爵　（傍白）裏切り者め！
フィガロ　この娘をどうかご覧ください、殿様、あなた様がいかに大きな犠牲を払われたか、この美しいフィアンセほど見事に示す者は二度とおりますまい。
シュザンヌ　あたしの顔のことはどうでもいいの、お殿様の徳をこそ讃えればいいのよ。
伯爵　（傍白）これは全部わしをはめるつもりだな。
伯爵夫人　私も一緒にお願いしますわ、あなた。それにこのセレモニーは私にとっていつまでも大切なものになります。だって、その始まりはあなたが私に抱《いだ》いてくださった麗しい愛情ですものねえ。
伯爵　今も抱《いだ》き続けているとも、お前、ではその愛情という名に降参するとして、聞き届けよう。
一同　万歳！
伯爵　（傍白）はめられたな。（普通の声で）セレモニーをもう少し華やかにするため、わしとしては少々後に延ばしたいとだけ思っておる。（傍白）早く、マルスリーヌに迎えを出そう。
フィガロ　（シェリュバンに）おい！　いたずら小僧、喜んでくれないのか？
シュザンヌ　この子は絶望のどん底よ。お殿様から首になったの。
伯爵夫人　まあ！　あなた、許してやってくださいませ。

伯爵　許すわけにはいかん。
伯爵夫人　可哀想に！　まだ子供ではありませんの。
伯爵　お前が思っているほど子供ではない。
シェリュバン　（震えながら）寛大にお許しくださいますことは、奥様との御結婚に際して殿様が手放された領主の権利とは別のものと存じます。
伯爵夫人　殿様はね、みんなを苦しめていた権利だけを手放されたのよ。
シュザンヌ　もし仮にお殿様がお許しになる権利も手放されたなら、これこそ何をおいても秘かに買い戻されようとなさったでしょうね。
伯爵　（困惑して）その通り。
伯爵夫人　でも、なぜそんなものを買い戻しますの？
シェリュバン　（伯爵に）確かに私は軽率な振る舞いをいたしました、殿様。しかしながらもしほんの少しでも口の利き方に慎みがなければ…
伯爵　（困惑して）だったら、もうよい…
フィガロ　どういう意味だろう？
伯爵　（勢いよく）もうよい、もうよい。皆が許せと言うなら、許してやろう。それだけではない。わしの軍団のうち一個中隊の指揮を任せよう。
一同　万歳！

伯爵　ただし条件がある。カタルーニャ地方にいる中隊に合流するため、即刻出発すること。
フィガロ　せめて、明日にしては、殿様。
伯爵　（かたくなに）わしの意志だ。
シェリュバン　従います。
伯爵　名付けの母に挨拶し、庇護を願うがよい。
（シェリュバンは伯爵夫人の前にひざまずくが言葉が出ない。）
伯爵夫人　（心動かされて）今日一日でもあなたを引きとめておけないのですから、お発ちなさい、若者よ。新しい地位があなたを呼んでいます。立派にそれを果たしなさい。恩人の名声を高めてちょうだい。若いあなたを寛大に育ててくれたこの家を忘れずにね。命令には忠実に、誠実で勇敢であってください。あなたの成功を私たち皆が願っています。
（シェリュバンは立ち上がり、元の場所に戻る。）
伯爵　ひどく心が騒いでいるようだな、お前。
伯爵夫人　仕方ありませんわ。こんな危険な職業につかされた子供の運命はどうなるのでしょう？　この子は私の両親と縁続きにあたりますのよ。その上、名付け子ですもの。
伯爵　（傍白）バジールの言った通りだわい。（普通の声で）若者よ、シュザンヌにキスをするがいい…これが最後だからな。
フィガロ　そりゃまたなぜでございます、殿様？　冬には何度も戻れますでしょうに。じゃあ、おいらにもキスしてくれ、隊長さん！（彼はシェリュバンにキスする）さようなら、シェリュバンのおちびさん。あんたもこれから先はだいぶ違った暮らしになるんだな、坊や。そうとも！一日中、女たちのいるあたりをうろつくことはなし、焼き菓子もクリームのおやつもない、「かごめかごめ」も「目隠し鬼」もなしだ。ごっつい兵隊さんばかりだ、くそっ！日焼けして、服はぼろ、やたらに重く、でっかい銃、右向け右、左向け左、前へ進め、栄光目指して進軍だ。道々つまずくなよ、ずどんと一発食らえばそれっきりだがな…（一四）。

シュザンヌ　おお、嫌だ。

伯爵夫人　ひどい予想だわ。

伯爵　マルスリーヌはいったいどこだ？お前たちと一緒にいないのはおかしいではないか！

ファンシェット（一五）　お殿様、あの女《ひと》は町の方へ参りました、農場の小道を通って。

伯爵　で、戻ってくるのか？…

バジール　神様のお気に召した時に。

フィガロ　お気に召さないことを神様のお気に召していただきたいもんだが…

ファンシェット　お医者さまが腕を貸していましたわ。

伯爵　（勢いよく）あの医者が来ておるのか？

バジール　やって来る早々、あの女が引っ張りまわしております。

伯爵　（傍白）これ以上はないほど良い時に来てくれたな。

ファンシェット　あの女《ひと》すごーく興奮してました。歩きながら大声でしゃべって、そうかと思うと、立ち止まってはこんな風に腕を振り回して…お医者さまの方はこんな風に手でなだめておりました。あの女《ひと》、とっても怒ってるようでした！　従兄のフィガロの名前を出していました。

伯爵　（ファンシェットのあごをつまみ）従兄だと…まだ先の話だ。

ファンシェット　（シェリュバンを指して）お殿様、昨日のことでは、もう私たちをお許しくださったのでしょう?…

伯爵　（さえぎって）もういい、お帰り、お帰り、いい子だ。

フィガロ　度し難いのぼせようで、あの女、夢でも見てるんだろう。おれたちの婚礼の邪魔をしかねないぞ。

伯爵　（傍白）邪魔するとも、わしが請合う。（普通の声で）さあ、お前、戻るとしよう。バジール、後でわしのところに来てくれ。

シュザンヌ　（フィガロに）あんたもあたしのところに来てくれる?

（一四）　モーツァルトのオペラでは一幕最後でフィガロがケルビーノの軍隊入りをからかいつつ歌う「もう飛ぶまいぞこの蝶々」のアリアとなる台詞。

（一五）　ファンシュットはオペラの中ではバルバリーナになっている。

フィガロ　（小声でシュザンヌに）殿様もやられっぱなしだろうが！
シュザンヌ　（小声で）素敵よ、あんた！
（皆出て行くが、シェリュバンとバジールだけはフィガロに留められて残る）

第十一景
シェリュバン、フィガロ、バジール

フィガロ　なあ、おい、お二人さん！　式を挙げるのは認められたんだから、今夜の祝宴がその次だ。しっかりと役割を心得ておかなくちゃならんぞ。批評家の目がパッチリ開いた日に限ってへまをやらかす役者たちみたいなまねはしないようにな。おれたちには取り返しのつく翌日ってやつはないんだから。今日中にしっかりと自分の役を身につけておこうや。
バジール　（意地悪く）わしの役はあんたの想像以上に難しいんだ。
フィガロ　（バジールから見えないように、彼を殴りつけるまねをして）うまくやればあんたにとってどんな素敵な結果になるか、まったくわかってないんだな。
シェリュバン　でも、君、僕は行ってしまうんだよ、忘れてるのかい。
フィガロ　でも、あんたはここに残りたい！
シェリュバン　ああ！　残りたいなんてものじゃないよ！

フィガロ　では、うまくやらなくちゃあな。出発にあたって、ぶつくさ言うのは一切なし。旅のコートを肩に、鞄に荷物をおおっぴらに詰め込んで、門の柵には馬をつないでみせる。それから、農場までひとっ走り、そこから歩いて裏門に戻る。殿様はあんたが出発したと信じ込む。あんたはとにかく殿様の目に触れないこと。宴会の後、おいらが殿様にうまくとりなしてやるから。

シェリュバン　でも、ファンシェットは自分の役を身につけてないよ。

バジール　いったいあんたはあの娘《こ》に何を教えたんだね、もう一週間前からあの娘《こ》にべったりくっついてたくせに？

フィガロ　今日いっぱい、あんたは何もすることがないんだ、頼むからあの娘《こ》にレッスンしてやってくれ。

バジール　気をつけろよ、お若いの、気をつけるんだぞ！　おやじはご不満そのもの、娘はほっぺたを引っ叩かれた。あの娘《こ》はあんたとじゃあレッスンにならん、ああ、シェリュバン！ああ、シェリュバン！　という有様だ。あんたは今にあの娘《こ》を泣かせるようになる。「水がめも何度も水辺に行くうちに…」

フィガロ　おや、おや！　うちのお馬鹿さんが、またしても古臭いことわざかよ！　さてと、それなら、インチキ学者さん、民草の知恵分別はなんと言っておりますかな？「水がめも何度も水辺に行くうちに…」

バジール　「しまいにゃ腹が膨れてくるさ。」（一六）

フィガロ　（立ち去りながら）こいつはそんなに阿呆じゃない、なるほど、阿呆じゃないな。

（一六）ことわざでは「水がめも何度も水辺に行くうちに、最後は壊れて終わるもの」と言う。形あるものは必ず壊れて終わるという意味だがバジールはことわざをもじって卑猥な意味を持たせている。

第二幕

舞台は豪華な寝室、アルコーヴの中に置かれた大きなベッドの前には台座が付いている。上手の奥には出入り用のドア。化粧室に通じるドアは下手前面。一番奥に侍女たちの部屋に通じるドア。窓がひとつ、反対側にある。

第一景

シュザンヌ、伯爵夫人（二人は上手のドアから入ってくる）

伯爵夫人　（安楽椅子に身を投げるようにして座る）ドアを閉めて、シュザンヌ、そして全部詳しく話してちょうだい。

シュザンヌ　奥様には何ひとつ隠さず申し上げました。

伯爵夫人　まあ！　シュゾン、あの人はお前を誘惑しようとしたの？

シュザンヌ　いえ！　違いますわ！　お殿様はご自分の侍女にそんな手間ひまはおかけになりま

せん。私を金でお買いになろうとしたんでございます。

伯爵夫人　で、あの小姓がその場にいたの？

シュザンヌ　つまり、あの大きな肘掛け椅子の後ろに隠れておりました。あの子は奥様におとりなしをお願いしてくれと私に頼みに来ていたんでございます。

伯爵夫人　でもなぜ直接わたしに言ってこないのかしら？　わたしが断るとでも、シュゾン？

シュザンヌ　私もそう申しました。でも、ここを出て行く心残りと奥様とお別れする悲しさでそれはもう！「ああ！　シュゾン、あの方はなんて気高くて美しいんだろう！　でもなんと威厳がおありで近づき難いんだろう！」と、こうです。

伯爵夫人　わたしそんな風に見えて、シュゾン？　わたしはいつだってあの子をかばってきてやったのに。

シュザンヌ　それから私が手にしておりました奥様の夜のリボンを目にするなり、そのリボンに飛びかかりまして…。

伯爵夫人　（ほほ笑んで）わたしのリボン？…なんて子供じみた！

シュザンヌ　取り返そうといたしました、私。するとまあ、奥様、まるでライオンでございましたわ、目をぎらぎらさせて…。「僕の命と引き換えなら返す」なんて申しますの、それもあのか細くて優しい声を精一杯張り上げまして。

伯爵夫人　（ぼんやり考えながら）それで、どうしたの、シュゾン？

シュザンヌ　ですから、奥様、あんな手に負えない子はきりがございませんでしょう？　名付けの母上は別にしておいて、こちらの方から手をつけようってわけで。奥様のお召し物にすらキスする勇気がないものですから、あの子ったら、いつだって、私にキスしようとするんですわ、この私に。

伯爵夫人　（ぼんやり考えながら）いいわ…もう、ほっときましょう、そんな馬鹿げた振る舞いは…それで、シュザンヌや、夫は結局、あなたに言ったのね？…

シュザンヌ　もし私が聞く耳を持たなければ、お殿様はマルスリーヌに肩入れするだろうって。

伯爵夫人　（立ち上がり、やたらに扇子を使いながら歩き回る）あの人はもうわたしなんか全然愛していないんだわ。

シュザンヌ　ではどうしてこんなに嫉妬深いのでしょう？

伯爵夫人　夫とはみんなそうなのよ、お前！　ただもう面子《めんつ》の問題なの。ああ！　わたしはあの人を愛しすぎたんだわ。わたしの優しさと愛情でうんざりさせたのね。これがあの人に対するわたしの唯一の過ちだわ。でもこんな正直に打ち明けたからって、気を悪くさせるつもりはないのよ。お前はフィガロと結婚するの。あの男だけがわたしたちを助けられるんだわ。ここに来るかしら？

シュザンヌ　お殿様ご一行が狩に出られるのを見届け次第。

伯爵夫人　（扇子を使いながら）庭側の格子窓を少し開けて。ここはとても暑いわ！…

シュザンヌ　奥様が勢いよくお話しされたり、歩かれたりするからです。

（彼女は奥の格子窓を開けに行く）

伯爵夫人　（しばらく物思いにふけって）いつもわたしを避けてさえいなければ…男って本当に罪深いのよ！

シュザンヌ　（窓際から叫ぶ）まあ！　お殿様が馬で大きな菜園を横切っていらっしゃる、ペドリーユがお供で、猟犬も二、三、四匹。

伯爵夫人　これで時間はたっぷりできたわ。（腰を下ろす）誰かノックしてるのかしら、シュゾン？

シュザンヌ　（歌いながらドアを開けに行く）ああ！　あたしのフィガロ！　ああ！　あたしのフィガロ！

第二景

フィガロ、シュザンヌ、伯爵夫人（腰掛けている）

シュザンヌ　さあ、あんた入ってちょうだい！　奥様がお待ちかねよ！……

フィガロ　で、お前はどうなんだ、かわいいシュザンヌ？　奥様がお待ちかねのはずはないだろう。要するに何が問題なんだね？　つまらんことだろうが。伯爵閣下はこちとらの若い嫁さんをかわいいと思し召して、愛人になさろうとしてる。ごく当たり前の話でございますよ。

シュザンヌ　当たり前?
フィガロ　それで私めを大使館至急便の届け係に任命され、シュゾンのやつを大使館参事官にということで。なかなか抜け目のないやり方です。
シュザンヌ　もうお止しったら。
フィガロ　で、私めのシュザンヌ、私めのフィアンセがそんな辞令に「はい」と言いませんので、殿様はマルスリーヌのもくろみに肩を持たれたんです。こんな簡単な話はございませんでしょう?　こちらの計画に仇なす連中に、連中の計画をひっくり返してやり返す、これこそ誰もがやってることで、これから私たちもやろうとすることでございますよ。さて、これが全部というわけです。
伯爵夫人　フィガロ、お前はわたしたち皆の幸福がかかっている計画をこんなに軽々しく扱っていいの?
フィガロ　誰が軽々しくなんて申しました?
シュザンヌ　あたしたちの悩みに心を痛めるどころか…。
フィガロ　このおいらが引き受ければ充分だと思わないのか?　さて、殿様同様順序良くやろうとするなら、まずあの方のお持ち物について気を揉ませ、こちらの持ち物へのご執心を和らげることです。
伯爵夫人　お前の言う通りよ。でも、どうやって?

フィガロ　もう手を打ってあります、奥様、あなた様のことで偽情報を流しまして…。
伯爵夫人　わたしのことですって！　頭がどうかしたの、お前！
フィガロ　いや、頭がどうかなるのは殿様の方で。
伯爵夫人　あんなに嫉妬深い人が！…
フィガロ　ますます結構で。ああいう性格の方をうまく御するには、少々血の気を盛んにさせればよろしいので、ご婦人方がようくご承知でしょう！　それからかんかんに怒らせてやれば、後はほんのちょっとの細工でどこへでも好きなところに鼻面を引き回せますとも、グアダルキビル河(二)の中にだって。奥様によかれと思い、私はバジールを通じて差出人不明の手紙を殿様にお渡ししました。それには今日、ダンスパーティの最中、奥様にぞっこんの男が奥様にお目にかかろうとしてると書いてあります。
伯爵夫人　ではお前はそんな風にして貞淑な女性の本当の姿をもてあそぶのね！…
フィガロ　こんなことを思い切ってやっても大丈夫な方なんて、奥様、めったにいらっしゃいません。ずばり当たっちまったってなりかねませんからね。
伯爵夫人　この人にありがとうって言うべきなのかしらねえ！
フィガロ　でも、愉快だとは思われませんか、殿様の一日を細かく切り刻み、奥様の後ろをうろついたり、怒鳴り散らしたりさせて、こちらの女房殿とよろしくやるつもりの時間を過ごしていただくなんて？　殿様はもうすっかり迷っておられます。こちらのご婦人の後を追いかけるか、あちらのご婦人を見張るのがよいか？　心乱れたあげく、ほら、ほら、あのように野原を走り回って、力尽きたウサギを追い詰めていらっしゃる。結婚式の時間は否応なく迫ってきます、いまさら反対もできますまい、特に奥様の前では絶対にだめだとはおっしゃれませんよ。

シュザンヌ　確かに。でもマルスリーヌ、あの利口ぶった女はだめだと言うでしょうね。

フィガロ　ぶる、ぶる！　それが大いに心配だな、本当に！　お前、誰かに頼んで、殿様に伝えてもらえよ、夕方、お庭に参りますって。

シュザンヌ　そんな話がうまくいくと思って？

フィガロ　いいや、よく聞いてもらいましょう。自分から何ひとつしようとしないやつに前進はないし、なんの役にも立たない。これがおいらのモットーでございますよ。

シュザンヌ　ご立派なモットーだこと！

伯爵夫人　この人のアイデアと同じだわ。お前はシュザンヌがお庭に行くことに承知する気なの？

フィガロ　とんでもございません、誰かにシュザンヌの服を着せてやります。逢引の現場を押さえられた伯爵さまが白《しら》を切るわけには参りますまい？

（一）　グアダルキビル河はアンダルシア地方を流れる大河。

シュザンヌ　あたしの服を誰に？
フィガロ　シェリュバンさ。
伯爵夫人　彼は出発したわ。
フィガロ　いえ、私に言わせればまだでして。お任せいただけますか？
シュザンヌ　はかりごとにかけては、信用していい人ですわ。
フィガロ　二つでも三つでも四つでもいっぺんにめぐらしてご覧に入れますよ。それも大いに絡み合ってもつれたやつを。おいらは生まれつき宮仕え向きにできてるんで。
シュザンヌ　でも、宮仕えってひどく難しい仕事だって言うじゃないの！
フィガロ　もらう、取る、ねだる、この三つが宮仕えの秘訣さ。
伯爵夫人　この人がいかにも自信満々なので、わたしまで自信がついてきたわ。
フィガロ　それが、私めの狙いで。
シュザンヌ　で、さっきの話ではどうだったっけ？
フィガロ　殿様がお留守の間にシェリュバンをここに送り込むから、あいつに帽子を被せ、服を着せるのさ。おいらは奴さんを閉じ込めて、役回りを教え込む。それから先はお殿様、きりきり舞いをどうぞってわけだ！　（退場）

第三景

シュザンヌ、伯爵夫人（腰掛けている）

伯爵夫人　（付けぼくろの箱を手にして）まあ、大変、シュゾン、わたしなんて格好でしょう！…
　あの子が来るというのに！…
シュザンヌ　それでは、奥様、あの子が追放されずに済むのを望まれないのですか？
伯爵夫人（小さな鏡台の前でぼんやりと考えながら）わたしが？　…お前、わたしがどんなにあの子を叱るか、見せてあげるわ。
シュザンヌ　彼の恋歌《ロマンス》を歌わせましょう。
（シュザンヌは夫人の膝に恋歌《ロマンス》をのせる）
伯爵夫人　でも、本当にわたしの髪、すっかり乱れて…
シュザンヌ　（笑って）この巻き毛を二つお直しすれば充分でございましょう、それで奥様はもっとしっかりお叱りになれますわ。
伯爵夫人　（われに返って）何を言ってるの、いったい、お前は？

第四景

シェリュバン（恥じ入っている）、シュザンヌ、伯爵夫人（腰掛けている）

シュザンヌ　お入りなさいな、将校さん、お目通りできましてよ。

シェリュバン　（震えながら進み出る）ああ！　将校なんて言われるのは本当に辛うございます、奥様！　それを聞くと、この地を去らなければならないって、…こんなに…ご親切な名付けの母上とも！　…

シュザンヌ　それも、こんなにお美しい！

シェリュバン　（ため息とともに）ああ！　その通りです！

シュザンヌ　（彼のまねをして）ああ！　その通りです！　ご立派な若者ぶりだこと！　切れ長で偽善そのものって目をしちゃって！　さあ、美しい青い鳥さん、奥様に恋歌《ロマンス》を歌ってさしあげるのよ。

伯爵夫人　（恋歌《ロマンス》を広げて）誰の作だったかしらねえ？

シュザンヌ　ほら、ご覧ください、身に覚えのあるのが真っ赤になっております。頬紅でも厚く塗ってるのでしょうか？

シェリュバン　愛を捧げることは…許されないのでございますか？

シュザンヌ　（シェリュバンの鼻先に拳固を突きつけ）洗いざらいぶちまけるから、この不良め！

伯爵夫人　さあ、この子は歌うの？
シェリュバン　ああ！　奥様、私、震えがひどくて！…
シュザンヌ　（笑って）むにゃ、むにゃと文句ばかり、奥様がそれをお望みなんだよ、へりくだった作詞家さん！　あたしが伴奏してあげる。
伯爵夫人　わたしのギターをお使い。
（伯爵夫人は腰掛けたまま、恋歌《ロマンス》を書いた紙を手にして歌詞を追う。シュザンヌは彼女の背後に立ち、女主人の肩越しに楽譜を見ながら前奏を奏でる。小姓は目を伏せて夫人の前に立つ。この場面はヴァンローの描く、「スペイン風の会話」（二）と名付けられた美しい版画そのままである）

（二）　正確な題は「スペイン風のコンサート」でフランスの画家ヴァンロー Charles André 通称 Carle Van Loo（一七〇五～一七六五年）によって一七五五年に描かれた。

恋歌《ロマンス》(三)
(メロディーは「マルブルー公戦場に赴く(四)」と同じ)

第一節

わが駿馬も息を切らし、
(わが心、わが心、ただ切なし!)
広野から広野へ、我はさすらいぬ、
ただ愛馬の意に任せて。

第二節

ただ愛馬の意に任せて、
僕《しもべ》なく、盾持ちも連れず、
かなた、泉のほとり、
(わが心、わが心ただ切なし!)
名付けの母思えば、

涙溢るるを覚えて。

第三節

涙溢るるを覚えて、
ただ悲しみに暮れんとす。
ひともとのトネリコの木に
（わが心、わが心ただ切なし！）
かの人の御名を刻む、わが名は添えず。
国王通りかかりたまう。

（三）この恋歌がモーツァルトのオペラではケルビーノの有名なアリア「恋とはどんなものかしら」になる。
（四）演劇史家ランティヤックによれば、メロディーは中世の十字軍遠征期からあるが、マルブルー公が死んだのが一七二二年なので、この題名がついた歌そのものは十八世紀半ばにマリー＝アントワネットの取り巻きを中心に流行したと言われる。

第四節

国王通りかかりたまう、
貴族、僧侶を供とされ、
―美しき小姓よ、と妃は問う。
（わが心、わが心ただ切なし！）
何をか悩み苦しむ？
なにゆえかほど涙するや？

第五節

なにゆえかほど涙するや？
われらに包まず打ち明けてたも。
―やんごとなき国の母君、
（わが心、わが心ただ切なし！）
かつて、われ、名付けの母を
ひたぶるに恋慕いぬ。(五)

第六節

ひたぶるに恋慕いぬ。
われまさに絶えなんばかりに。
—美しき小姓よ、と妃は問う、
(わが心、わが心ただ切なし!)
名付けの母はただひとりなりや?
われその身代わりとならむ。

第七節

われその身代わりとならむ。
そなたをわが小姓となし、
そして若きエレーヌ、

(五) 作者の注記によれば、「ここで伯爵夫人は歌詞を書いた紙をたたみ、小姓の歌を止める。舞台ではこれ以上は歌われない」とある。

（わが心、わが心ただ切なし！）
隊長の娘とそなたをば
いずれの日にか娶《めあ》わさむ。

第八節

いずれの日にか娶わさむ。
―いやなりませぬ、その話、
望むは恋の絆をひきずりて、
（わが心、わが心ただ切なし！）
この悲しみに死するのみ、
心の痛手を癒すことなく。

伯爵夫人　飾り気がなくって…情感もこもっているわね。
シュザンヌ（ギターを肘掛け椅子の上に置きに行く）そりゃもう！　情感についてなら、この若者は
…それはそうと将校さん、今夜の余興を盛り上げるために、前もってあたしの衣装のうち、
あなたにうまく合うのがあるか、あたしたちが知りたいって聞かなかった？

伯爵夫人　ないのじゃなくって。
シュザンヌ　（彼と背比べをして）同じぐらいの背丈ですわ。まずこのコートを脱がせましょう。
（コートを脱がせる）
伯爵夫人　誰か入って来たらどうするの？
シュザンヌ　私たち何か悪いことでもしておりますか？　でもドアには鍵をかけておきましょう。
（駆けて行き）特にこの人の被り物を見てみたいんです。
伯爵夫人　化粧台の上にわたしのバスキャップがあるわ。
（シュザンヌは化粧室に入るがそのドアは舞台袖にある）

第五景
シェリュバン、伯爵夫人（腰掛けている）

伯爵夫人　ダンスパーティまでは伯爵にあなたが館にいることを知られないようにしましょう。
その後でお伝えするわ、あなたの辞令を作成するのに時間がかかったので、仕方なくとか…
シェリュバン　（辞令を見せて）ああ！　奥様、辞令はここに。バジールが殿様からだと言ってよこしたのです。
伯爵夫人　もうなの？　ほんの少しでも遅らせまいとしたのね。（読む）あんまり急いだので伯爵

の印を押すのを忘れているわ。（辞令を彼に返す）

第六景

シェリュバン、伯爵夫人、シュザンヌ

シュザンヌ　（大きなバスキャップを持って入ってくる）印ですって、なんに使うのでしょう？
伯爵夫人　この子の辞令によ。
シュザンヌ　もうですの？
伯爵夫人　わたしもそう言っていたところ。それ、わたしのバスキャップかしら？
シュザンヌ　（夫人の傍に腰掛け）一番きれいなのでございます。
（シュザンヌは口にピンを含んだまま歌う）
「こちらを向いてちょうだいな、
ジャン・ド・リラ、あたしのいい人」(六)
（シェリュバンはひざまずく、シュザンヌは彼にキャップを被せる）
奥様、愛らしいですわ、この子。
伯爵夫人　襟元をもうちょっと女らしく直して。
シュザンヌ　（直してやる）ほら、これで…まあ、あの小僧っ子が、娘になるとなんてきれい！　あたし、妬けますわ！（シェリュバンのあごをつまんで）こんなにきれいにならないでちょうだいな、ね？

伯爵夫人　この女《ひと》どうかしているわ！　袖口を捲《まく》り上げて、その方がずっとぴったりするから…。（シェリュバンの袖を捲り上げる）腕に何を巻いているの？　リボンだわ！

シュザンヌ　それも奥様のリボンです。奥様がそれを見てくださって、ようございました。言いつけてやるって、さっきもこの子に言ったんですわ！　ほんとに、もしお殿様がおいでにならなかったら、リボンをしっかり取り返していたのに。私だってこの子ぐらいの力はありますもの。

伯爵夫人　血がついてる！（リボンをはずす）

シェリュバン（恥じ入って）今朝、出発しようと思い、馬の轡鎖《グルメット》を直しておりましたら、頭で突っかけてきまして、腕を飾り金《ボセット》で擦ってしまいました。

伯爵夫人　リボンを巻くなんてしないものよ…。

シュザンヌ　特に盗んだリボンじゃね。それにしても、馬のボセットとか…クルベットとか…コ

（六）これも古いシャンソンのひとつ。

ルネット(七)とか、あたしにはさっぱりわからない！　…まあ！　なんて白い腕！　まるで女だわ！　あたしのよりもっと白い！　ほらご覧ください、奥様！　（彼女は腕を比べる）

伯爵夫人　（冷たい声で）そんなことよりわたしの化粧台にある絆創膏を持ってきてちょうだい。

（シュザンヌは笑いながらシェリュバンの頭を小突く。彼はつんのめって両手を突く。彼女は舞台袖の化粧室に入る）

第七景

シェリュバン（ひざまずいている）、伯爵夫人（腰掛けたまま）

伯爵夫人　（しばらく黙ってリボンに目をやっている。シェリュバンは彼女を食い入るように見つめている）わたしのリボンのことだけど、あなた…一番気に入った色のだったから…無くしてひどく気分を害していたの。

第八景

シェリュバン（ひざまずいている）、伯爵夫人（腰掛けたまま）、シュザンヌ

シュザンヌ　（戻ってきて）それと包帯も腕にいかがでしょう？　（伯爵夫人に絆創膏とはさみを渡す）

伯爵夫人　この子にお前の衣装を取りに行くついでに、別のキャップのリボンを持ってきて。
（シュザンヌは小姓のコートを手に奥のドアから出て行く）

第九景

シェリュバン（ひざまずいている）、伯爵夫人（腰掛けたまま）

シェリュバン　（目を伏せて）私からお取り上げになったものならあっという間に直りますでしょうに。
伯爵夫人　どんな効き目があるの？　（絆創膏を見せて）この方がずっと効くのよ。
シェリュバン　（ためらいつつ）その…あるお方のお頭《つむ》を巻いたり…お肌に触れてさえいるリボンなら…。
伯爵夫人　（さえぎって）わたしの知らない方のお頭《つむ》ね、それは傷口によく効くのかしら？　そんな特効ちっとも知らなかったわ。確かめるためにあなたの腕を巻いたこれを取っておきま

（七）　シュザンヌは馬術に無知だから、ボセットは正確に発音するが、グルメットをクルベット、あるいはコルネットと間違える。クルベットは馬術用語で馬が後肢で立ち、前肢を軽く折り曲げた姿勢をいう。コルネットは女性用の室内帽。

しょう。ちょっとでも引っかき傷を…侍女たちの誰かがこしらえたら、試してみるわ。
シェリュバン　（胸もふさがる思いで）奥様はそれを取っておかれるのに、私は去るのです！
伯爵夫人　永久にというわけではないわ。
シェリュバン　私はこの上なく不幸です！
伯爵夫人　（心を動かされて）この子は泣いているのね！　あのがさつ者のフィガロが不吉な予言なんかするから！
シェリュバン　（興奮して）ああ！　私はあの男が予言したような最期を迎えとうございます。すぐさま死ねると確信すれば多分、私の口も思い切って…。
伯爵夫人　（さえぎり、彼の目をハンカチで拭ってやる）もう黙って、黙るのよ、子供ねえ！　あなたの言っていることはめちゃくちゃよ。（ドアがノックされる。夫人は声を大きく）誰、そんな風にノックするのは？

第十景

シェリュバン、伯爵夫人、伯爵（ドアの外で）

伯爵　（ドアの外で）なぜ、鍵なんか閉めておる？
伯爵夫人　（困惑して、立ち上がる）あの人だわ！　どうしよう！…（同じく立ち上がったシェリュバンに）あなたはコートも着ずに、襟も袖もはだけて！　わたしと二人っきり！　この乱れた格好、あの人に届いた手紙、あの嫉妬深さ！

伯爵　（ドアの外で）開けないのか？

伯爵夫人　それは…私、ひとりですもの。

伯爵　（ドアの外で）ひとりだと！　じゃあ誰としゃべっとるんだ？

伯爵夫人　（とっさに）あなたとですわ、きっと。

シェリュバン　（傍白）昨日と今朝のことの後だ、この場で殺されるかもしれない！（彼は化粧室に駆けて行き、入り、ドアを閉める）

第十一景

伯爵夫人　（ひとりで）

（夫人は化粧室の鍵を抜くと伯爵のドアに走って開けに行く）

ああ、なんというミス！　なんというミスだろう！

第十二景

伯爵、伯爵夫人

伯爵　（少し厳しい口調で）鍵を閉める習慣なんかなかったろうに！

伯爵夫人　（困惑して）私…その、ドレスの試し着をしておりましたの…ええ、シュザンヌと一緒に試しておりましたのよ。ちょっと、今、あれは自分の部屋に行っております。

伯爵　（じろじろ見ながら）様子も口調も何かいつもと変わっとるな。

伯爵夫人　別に驚くことありませんわ…全然ありませんとも…ほんとに…あなたのことを話していたんですの…今、言いましたように自分の部屋に行ってます…。

伯爵　わしの話をしていただと！…わしは心配で戻ってきたのだ。馬に乗る時、手紙を渡されたが、もちろん中身については信じていないにしても…やっぱり心安らかではなかったのでな。

伯爵夫人　なんですの、あなた？…なんの手紙ですか？

伯爵　はっきり言うが、お前かわしか…とにかく性質《たち》の悪い連中に取り巻かれているに違いない！　知らせがあったのだ、昼間のうちにわしがここにいないと思っている人間がお前に会うことになっとるとな。

伯爵夫人　どこのあつかましい男か知りませんが、ここまで入り込んでこない限りできるはずありません、だって、私一日中この部屋から出ませんもの。

伯爵　今夜、シュザンヌの婚礼にはどうなのだ？
伯爵夫人　何があろうと出ませんわ。私ひどく具合が悪いんですの。
伯爵　幸い、医者が来ておる。（小姓が化粧部屋で椅子を倒してしまう）なんだ、あの音は？
伯爵夫人　（ますます困惑して）音ですって？
伯爵　誰か家具を倒したな。
伯爵夫人　だって…何も聞きませんでしたわ、私。
伯爵　よほど何かに気を取られていたに決まっとる！
伯爵夫人　気を取られていたですって！　なんにですの？
伯爵　化粧室に誰かいるということだ。
伯爵夫人　でも…いったい誰がいるとおっしゃるの、あなたは？
伯爵　訊いているのはわしの方だ。来たばかりではないか、わしは。
伯爵夫人　それは！　だって…シュザンヌですわ、きっと、片付け物をしているんです。
伯爵　自分の部屋へ行ったと、今しがた言ったくせに！
伯爵夫人　行ったのか、そこに入ったのか、知りませんわ。
伯爵　もしそれがシュザンヌなら、なんでそんなに取り乱すのかね？
伯爵夫人　侍女のことで取り乱すですって？
伯爵　侍女だか何か知らんが、取り乱しているのは間違いない。

伯爵夫人　間違いなく、あなた、あの娘《こ》の件であなたは取り乱していますわ。私なんかよりよほど気がかりでございましょう。

伯爵　（立腹して）ああ、ひどく気がかりだからこそ、たった今、あの娘《こ》に会いたいのだ。

伯爵夫人　実際、そうでございましょうとも、それもたびたびねえ。でも、なんの根拠もない疑いをこちらに…。

第十三景

伯爵、伯爵夫人、シュザンヌ（衣装を持ち奥のドアを押して入ってくる）

伯爵　そんな疑いは、簡単に晴らせるじゃないか。（彼は化粧室の方を向いて叫ぶ）出てくるのだ、シュゾン、これは命令だ。（シュザンヌは奥のアルコーヴの傍で立ち止まる）

伯爵夫人　あの娘《こ》はほだか同然ですの、あなた。女性が閉じこもっている時こんな風に邪魔する人ってありますか？　あの娘《こ》を嫁がせるに当たって私があげるドレスを試していたんです。あなたの声を聞いて逃げたのですわ。

伯爵　そんなに姿を見せるのが嫌なら、せめて声ぐらい聞かせたってよかろう。（彼は化粧室のドアの方を向く）答えなさい、シュザンヌ。化粧室にいるのか？　（シュザンヌは舞台奥に留まり、アルコーヴに飛び込んで、隠れる）

伯爵夫人　（化粧室の方を向いて、激しく）シュゾン、答えてはなりません。（伯爵に）こんな野蛮な仕打ちは初めてですわ。

伯爵　（化粧室の方に進み）ようし！　わかった、声も出さない以上、服を着ていようがいまいが、この目で見てやる。

伯爵夫人　（前に立ちふさがり）他の場所ならお止めしませんわ。でも、せめて私の部屋では…。

伯爵　わしは今すぐ知りたいんだ、その得体の知れないシュザンヌの正体をな。お前に鍵をよこせと言ってもどうやら無駄のようだ！　だが、こんな薄っぺらなドアを破る確実な方法があるさ。おーい！　誰かいないか！

伯爵夫人　召使たちを呼び寄せて、こんな疑いでおおっぴらにスキャンダルを起こし、邸中の笑いものになるおつもり！

伯爵　ようし、こんなもの、わしひとりで充分だろう。すぐ部屋に行って必要な物を取ってくる…（出て行こうと歩き出すが戻ってきて）だが、すべてが現状維持されるように、がたがた言わず、おとなしくわしと一緒に来てもらおうか、騒ぎは大嫌いなんだろう？　…こんな簡単なこと、もちろん断らんだろうな。

伯爵夫人　（困惑して）まあ、あなた、誰が逆らおうなんて思いまして？

伯爵　ああ、忘れておった、侍女たちの部屋に通じるドア、あれも閉めておかないと、そうすればお前の言い分が完全に正しいとわかるだろうさ。

（彼は奥のドアを閉めに行き、鍵をかけて抜く）
伯爵夫人　（傍白）おお、神様！　なんてひどい軽はずみを！
伯爵　（夫人のところに戻ると）さて、これでこの部屋は密室になった、わしの腕を取りなさい。（声を大きく）化粧部屋のシュザンヌについてはだ、どうかわしを待っていてもらおうか。で、わしが戻ったら、ほんの少しは痛い目にあうかもな…。
伯爵夫人　本当に、あなたという方は、これ以上ないほど嫌なことなさるのねえ…（伯爵は夫人を連れ去り、ドアに鍵をかけてゆく）。

第十四景

シュザンヌ、シェリュバン

シュザンヌ　（アルコーヴから出ると、化粧部屋に駆け寄り、鍵穴越しにしゃべる）開けて、シェリュバン、早く開けて、シュザンヌよ、開けて出てらっしゃい。
シェリュバン　（出てくる）ああ！　シュゾン、なんて恐ろしい言い合いだったろう！
シュザンヌ　出て行きなさい、一分たりともゆとりはないわ。
シェリュバン　（おびえて）でも、どこから？
シュザンヌ　知らないわ、でも出て行って。

シェリュバン　出口がなかったら？
シュザンヌ　さっきのことの後じゃあ、あんた殿様に踏みつぶされるかも。あたしたちもおしまいよ。急いでフィガロに報告しに行って。
シェリュバン　庭に面した窓ならそんなに高くないかも。
（彼は駆けて行って見る）
シュザンヌ　（怖がって）こんな高い二階から！　無理よ！　ああ！　お気の毒な奥様！　あたしの結婚だって、どうなるか！
シェリュバン　（戻ってきて）メロン畑に面しているな、苗床のひとつや二つだめにしたって…。
シュザンヌ　（彼を引きとめて、叫ぶ）この人ったら、死ぬ気だわ！
シェリュバン　（興奮して）煮えたぎる地獄の淵にだって、シュゾン！　そうとも、あの方を傷つけるぐらいなら喜んで飛び込むさ…このキスが僕に幸運をもたらしてくれるよ。
（彼はシュザンヌにキスすると窓に駆け寄って跳ぶ）

第十五景

シュザンヌ　（ひとり、恐ろしそうに叫ぶ）

ああっ！…（一瞬、ぺたんと座り込む。ようやくの思いで窓辺から眺め、戻ってくる）もう、ずっと遠くだわ。ほんと、腕白なおちびさん！　すばしっこくってかわいいんだから！　女にもてないはずないわね…さあ、早く代わってやらなくちゃ。（化粧室に入る）さあ、どうぞ、伯爵さま、お気に召すなら、いつでも間仕切りを壊してくださいな、一言だって答えるもんですか！　（中に入ってドアを閉ざす）

第十六景

伯爵、伯爵夫人（部屋に戻ってくる）

伯爵　（手にしたペンチを肘掛け椅子に投げ出して）全部もとのままだな。いいかね、お前、おかげでわしはこのドアを破る羽目になったが、この後がどうなるかよく考えてみろ。もう一度聞くが、ドアを開ける気にならんか？

伯爵夫人　まあ！　あなた、夫婦間の心遣いをこれほどまで損なえるほどひどい腹立ちってなんなのでしょう？　私への愛情が過ぎてかっとなったのなら、理屈に合わなくても許してあげられますわ。怒りの余り私を侮辱されたにせよ、動機が動機ですから、多分忘れるでしょう。でも、ただの面子《めんつ》だけで紳士たる方がこれほどひどい仕打ちをなされるのですか？
伯爵　愛情だろうが、面子《めんつ》だろうが、ドアを開けるんだ。さもないとわしは今すぐ…
伯爵夫人（立ちふさがって）止めてください、あなた、お願い！　この私が妻としての義務にそむくことができるとでも思いますの？
伯爵　なんとでも思うがいい、お前は。だが、わしはこの化粧室にいるのが誰か見るからな。
伯爵夫人（おびえて）それなら、あなた、ご覧ください。でも、聞いてくださいませ…冷静になって。
伯爵　やはりシュザンヌではないんだな。
伯爵夫人（おずおずと）だからってもちろん…あなたが何かを疑うような人物ではありませんわ…私たちはちょっとした余興を…ほんとに罪のないものを今夜のために…誓って申します…
伯爵　誓ってなんだ？
伯爵夫人　その者にしても私にしてもあなたの気持ちを傷つけるつもりなど一切なかったのです。
伯爵　その者も私もだと？　男だな。
伯爵夫人　子供ですわ、あなた。
伯爵　で、誰なんだ？
伯爵夫人　名前は口にしかねます！

伯爵　（怒り狂い）そいつを殺してやる。
伯爵夫人　ああ、どうしましょう！
伯爵　さあ、言うんだ。
伯爵夫人　あの若い…シェリュバンです…
伯爵　シェリュバンだと！　身の程知らずめ！　これでわしの疑いもあの手紙も説明がつく。
伯爵夫人（両手を合わせて）ああ！　あなた！　まさかお考えにならないで…。
伯爵　（地団太を踏んで）（傍白）あの忌々しい小姓め、どこにでも出てくる！（普通の声で）さあ、開けるのだ。今となってはすっかりわかったぞ。今朝あいつに暇を出す時、お前はあれほど心乱れることもなかったはずだし、わしが命令した以上、やつは発っていたはずなのに。シュザンヌの作り話だってあれほど嘘をつかなくともよかったはずだ。何もやましいことがないのなら、やつもこれほど念を入れて隠れることもなかったはずだ。
伯爵夫人　姿を見せてあなたのお怒りを買うのが怖かったのです。
伯爵　（われを忘れ、化粧室の方に向き、叫ぶ）出て来い、ろくでなしの小僧！
伯爵夫人（伯爵に抱きつき、化粧室から遠ざけて）ああ！　あなた、あなた、その怒りようではあの子が可哀想です。あらぬ疑いを信じ込まないで、お願いです！　それにあの子の乱れた格好をご覧になっては…
伯爵　乱れた格好だと！

伯爵夫人　ああ！　実はそうなのです。女装させようとして、頭には私の被り物、ジャケットだけに、コートを脱ぎ、襟を開け、二の腕まで出して、ちょうど試着をしようと…
伯爵　それでお前は部屋に引きこもっていようとしたんだ！　…妻の資格なんぞない！　ああ！　引きこもらせてやるとも…それも長い間な(八)…だがその前にあの身の程知らずを追放しなければならん、二度とわしの目に触れんところにだ。
伯爵夫人　(ひざまずき、両手を差し上げて) どうかあなた、子供ですから許してやってくださいませ。私がもとでそうなると思うと心の痛みが…
伯爵　お前がおびえればおびえるほどやつの罪は重くなるのだ。
伯爵夫人　あの子に罪はありません。出発しようというところでした。私が呼び返したのです。
伯爵　(怒って) 立つんだ。そこを退《ど》きなさい…このわしに向かって他の男の弁護をするとはなんたる図々しさだ、お前は！
伯爵夫人　それでは、退きますわ、あなた、立ちもいたしましょう。化粧室の鍵だってお渡しいたします。でも、あなたの愛情にかけても…
伯爵　わしの愛情だと、この裏切り者が！
伯爵夫人　(立ち上がって鍵を差し出す) あの子をひどい目に遭わせず出て行かせると約束してくだ

(八)　伯爵は夫人を修道院に幽閉することを考えている。

さいませ。その後で、もしも気が済まないのでしたら、いくらでも私をお怒りになって…
伯爵　（鍵を取り）いまさら、聞く耳は持たん！
伯爵夫人　（ハンカチを目に当て、大きな肘掛け椅子に身を投げて）ああ、神様！　あの子が死んでしまう！
伯爵　（ドアを開けて、後ずさりする）シュザンヌだ！

第十七景
伯爵夫人、伯爵、シュザンヌ

シュザンヌ　（笑いながら出てくる）そいつを殺してやる、殺してやる！　ではどうぞそいつを殺してくださいませ、この性悪の小姓めを！
伯爵　（傍白）ああ！　なんたるへまを！　（あっけに取られている伯爵夫人を眺めて）それにしてもお前までびっくりした振りを？　…だがおそらくシュザンヌ一人ではなかろう。（彼は化粧室に入る）

第十八景
伯爵夫人（腰掛けている）、シュザンヌ

シュザンヌ　（女主人のもとに駆け寄って）お気を確かに、奥様、もう遠くに行ってしまいました、飛び下りたんです…。
伯爵夫人　ああ、シュゾン、生きた心地なかったわ！

第十九景
伯爵夫人（腰掛けている）、シュザンヌ、伯爵

伯爵　（当惑した様子で化粧室から出てくる。短い沈黙の後）誰もおらん、これはわしが悪かった。だが奥方…あなたもなかなか芝居がうまいな。
シュザンヌ　（陽気に）で、私はいかがでしたか、お殿様？
（伯爵夫人は落ち着きを取り戻そうと、口にハンカチを当て、何も言わないでいる）
伯爵　（近づいて）なんてことだ！　冗談だったのか？
伯爵夫人　（少々落ち着きを取り戻し）あら、なぜいけませんの、あなた？
伯爵　冗談にもほどがあるぞ！　それにどういうつもりでやったんだね…？
伯爵夫人　あなたのあののぼせようは大目に見られまして？
伯爵　名誉に関わることをのぼせとはなんだ！
伯爵夫人　（徐々に声の調子を確かに）いつまでもあなたのつれなさとやきもちの犠牲になるため、

この私はあなたと結ばれたのでしょうか？　あなただけですわ、この二つを図々しく両立させるのは。

伯爵　いや！　奥方、容赦ないな、これは。

シュザンヌ　奥様はお殿様が皆をお呼びになるならどうぞっておっしゃればよかったのですわ。

伯爵　その通り、恥じ入るのはわしの方だ…許してくれ、なんと恥ずかしいことか！…

シュザンヌ　お殿様、少しはそう思っていただいてもよいと存じますわ。

伯爵　それにしてもなぜわしが呼んだ時にお前は出てきてくれなかったんだ、意地悪め！

シュザンヌ　たくさんのピンを使って、新しい服を出来るだけうまく着ようとしておりました。で、奥様が、出るなとおっしゃったのも、それだけの訳があったからですわ。

伯爵　わしの悪い点ばかり言い立てないで、少しは彼女《あれ》をなだめてくれんか。

伯爵夫人　いいえ、あなた。これほどの侮辱は取り返しが付きませんわ。私はウルスラ会修道院(九)に引きこもります。今がその時だって嫌というほどわかりました。

伯爵　なんの未練もなくそれができるのかね？

シュザンヌ　私にははっきりわかっておりますわ、ご出発の翌日にはもう涙に暮れておられますとも。

伯爵夫人　いえ！　たとえそうなるとしてもよ、シュゾン。この人を許すほど自分を貶めるぐらいなら、涙に暮れる方がましです。私はあまりにもひどい侮辱を受けたのですよ。

伯爵　ロジーヌ！……
伯爵夫人　私はもう違います。あなたがあれほど追い求めてくださったロジーヌではありません！　私は哀れなアルマビーバ伯爵夫人です。打ち捨てられた悲しい妻、あなたがもう愛していない。
シュザンヌ　奥様！……
伯爵　（懇願する）可哀想だと思ってくれ！
伯爵夫人　私を可哀想だと思ったこともないくせに。
伯爵　でも、あの手紙が…あれですっかり頭に血がのぼってしまったんだ！
伯爵夫人　だから、書いていいなんて言わなかったのに。
伯爵　お前、知っておったのか？
伯爵夫人　ですから、あのうっかり者のフィガロが…
伯爵　やつがからんでいたのか？
伯爵夫人　彼がバジールに手紙を渡したのですわ。

（九）　ウルスラ会修道院は一五三七年、若い娘たちの教育を目的としてイタリアに創立された。十八世紀のフランスでは、不倫を理由に夫から離婚された貴婦人を引き取ることで評判がよくなかったと言われる。

伯爵　わしにはどこかの百姓から預かったと言ったぞ。うーむ、けしからん歌うたいめ、どちらにも仇なす二股膏薬め！　皆の代わりに償わせてやる。
伯爵夫人　あなたはご自分では許してくれとおっしゃるけれど、他人は許さないのですね。男の人ってほんとにこうなんだから！　ああ！　あなたの誤解はこの手紙のせいだから、許してさしあげてもよいというなら、私、その許しは誰にでも与えて欲しいと願わずにいられませんわ。
伯爵　わかった！　喜んでそうするとも。だが、どうすればこんな恥ずべき過ちを償えるだろうか？
伯爵夫人　（立ち上がって）恥ずべき過ちはお互い様ですわ。
伯爵　いや！　わしひとりの過ちだ。それにしてもいまだわからんのは、女性というのはどうしてこれほど素早く、しかも上手にその場に合った態度や口調が取れるのかね。お前は赤くなっていたし、涙も流していた、顔色も失っていた…現に今でもそうだ。
伯爵夫人　（ほほ笑もうと努めて）赤くなっていましたのは…あなたに疑われて口惜しかったせいですわ。でも、男の人たちって、潔白な心があらぬ疑いを受けて怒っているのか、図星を指されてどぎまぎしているのか区別できるほどに細やかな神経を持っているのでしょうかしら？
伯爵　（ほほ笑んで）それにあの小姓の話だ、服は乱れ、ジャケットだけ、ほとんど裸同然で？…
伯爵夫人　（シュザンヌを指して）あなたの前にいるではありませんか。こちらの小姓の方がもう一人の小姓よりずっとましでございましたでしょう？　大体、あなたはこっちの方に会うのがお嫌ではないと思いますわ。

伯爵　（さらに大きな声で笑い）それにあの懇願といい、空涙といい何だね？……

伯爵夫人　あなたは私を笑わせようとなさるけど、その気にはちっともなりませんわ。

伯爵　政治に関してはわれわれもちょっとしたものだと思っていたが、これではまるで子供同然だな。あなたこそマダム、そう、あなたこそ王様がロンドンに大使として派遣なさるべきだ！　うわべを取り繕うのをこれほど見事にやってのける術を身につけるには、女性たちというのはよほど研鑽を積んでいるに違いないな！

伯爵夫人　いつだってあなた方男性がそう強いるのですわ。

シュザンヌ　私たち女の言葉を信じて自由にさせてくださるなら、私たちもそれに相応しい振舞いをいたしますわ。

伯爵夫人　もうおしまいにしましょう、あなた。私も言い過ぎたかもしれませんわ。でも、こんな重大な事柄でも目をつぶってあげるのですから、あなただってせめて同じ態度を取ってくださらなければ。

伯爵　それにしても、やはり、もう一度許すと言っておくれ。

伯爵夫人　私、許すなんて言って、シュゾン？

シュザンヌ　私お聞きいたしませんでした、奥様。

伯爵　それなら、さあ、言っておくれ。
伯爵夫人　その資格がおありかしら、ひどい方？
伯爵　うん、これほど後悔しているからには。
シュザンヌ　奥様の化粧室に男がいるとお疑いになるなんて！
伯爵　それについては厳しくお灸を据えられたではないか！
シュザンヌ　奥様を信じてさしあげないなんて、侍女だっておっしゃっているのに！
伯爵　ロジーヌ、では許してくれないのか？
伯爵夫人　ああ、シュゾン、なんて私は弱いのかしら！　ひどいお手本だわ！　（片手を伯爵に差し伸べる）女性の怒りなんてもう誰も信じないわね。
シュザンヌ　ほんとに！　奥様、男の人たちを相手にするといつだってこうなってしまうのでしょうか？
（伯爵は妻の手に熱意をこめて接吻する）

第二十景
シュザンヌ、フィガロ、伯爵夫人、伯爵

フィガロ　（息を切らせてやってくる）奥様のお具合が悪いとうかがいまして。急いではせ参じましたが…なんでもなくて幸いでございました。

伯爵　（素っ気無く）いやによく気が付くな。

フィガロ　それが務めでございますから。ですが、なんでもなかった以上は、殿様、若い御家来衆全部が、男も女も、下でヴァイオリンやバグパイプを揃え、私めがフィアンセを連れて行くお許しを頂き次第、一緒に繰り出そうと待ち構えておりまして…。

伯爵　それなら誰が館に残って伯爵夫人に付き添ってくれるのだ？

フィガロ　付き添うですって！　奥様はご病気ではございません。

伯爵　確かに。だが、ここにはいない例の男が会いに来るだろうが？

フィガロ　ここにいない男とは？

伯爵　お前がバジールに渡した手紙の男さ。

フィガロ　誰がそんなこと申しました？

伯爵　たとえ誰からも聞いていないにせよだ、この悪者め、お前の顔を見れば嘘をついていることは明々白々だ。

フィガロ　もしもそうでしたら、嘘をついているのは私めではなく、この顔でございましょう。

シュザンヌ　さあ、フィガロったら、負け戦にいくら屁理屈言っても無駄よ、あたしたち全部しゃべってしまったの。

フィガロ　何をしゃべったんだ？　みんなでおれをバジールみたいに扱うんだな。

シュザンヌ　さっきの手紙を書いたのはあんたで、お殿様がおいでになった時に、ほんとは化粧室に私が入っていたのにまるであの小姓がいると思い込んでいただくよう仕向けたって言ったのよ。

伯爵　どうだ、答えられるか？

伯爵夫人　もう何も隠さなくていいのよ、フィガロ。冗談はおしまい。

フィガロ　（推察しようとして）冗談は…おしまい、でございますか？

伯爵　そう、済んだことだ。この上何か言い分があるのか？

フィガロ　私ねえ！　私といたしましては…私めの結婚式につきましても同じように済んだぞと言えればなあと思いますよ。殿様が式をお命じくだされば…。

伯爵　では、手紙の件を認めるな？

フィガロ　それが奥様のお望みで、シュザンヌの望みで、かつ殿様ご自身のお望みとあらば、私めも当然そう望まなければなりますまい。でも、もしもあなた様の立場でしたら、殿様、私めはこんな話、何ひとつ信じませんでしょうな。

伯爵　はっきりした事実だというのに相変わらず白を切るつもりか！　しまいにはわしも怒り出すぞ。

伯爵夫人　（笑って）あれ、まあ！　可哀想に！　あなたって方はどうしてこの人に、一度でいいから本当のことを言えなんてお望みになるの？

フィガロ　（小声でシュザンヌに）おれは殿様に危険を知らせているんだぜ。これがまっとうな男のできる精一杯さ。
シュザンヌ　（小声で）小姓に会ったの？
フィガロ　（小声で）まだショックから立ち直らんさ。
シュザンヌ　（小声で）まあ！　可哀想！
伯爵夫人　さあ、さあ、あなた、伯爵、二人は結ばれたくてうずうずしておりますわ。待ちきれないのも当然でしょう！　奥に入って式の支度をしましょう。
伯爵　（傍白）だがマルスリーヌ、マルスリーヌは…（普通の声で）せめて…わしも着替えをせんとな。
伯爵夫人　館の者たちのために！　私、着替えておりまして？

第二十一景
フィガロ、シュザンヌ、伯爵夫人、伯爵、アントニオ

アントニオ　（ほろ酔い、潰れたニオイアラセイトウの鉢を手にして）お殿様！　お殿様！
伯爵　どうした、アントニオ？
アントニオ　おらの苗床に面した窓でがすが、どうか鉄格子をはめておくんなさいまし。皆が窓からなんでも放り投げるだで。さっきもまた男が一匹投げ出されたでがんす。

伯爵　この窓からだと？
アントニオ　ご覧くだせい、おらのニオイアラセイトウがこげなことになっちまって。
シュザンヌ　（小声でフィガロに）気をつけて！　フィガロ！　気をつけて！
フィガロ　殿様、こいつは朝から酔っ払っております。
アントニオ　大はずれ。こいつはゆんべの名残だで。こんだから、世間のやつらの勝手な言い草は…まるでまだらめ（二〇）だあ。
伯爵　（激しく）そいつだ！　その男だ！　今どこなんだ？
アントニオ　今どこでがすか？
伯爵　そうだ。
アントニオ　それを言っとりますだ、おらは。とうに見つけなきゃならんのですが。おら、殿様にお仕えしてるだから。お庭の世話するのはこのおらしかおらんでよ。男が一人落っこちてきて、で、おわかりでごぜえましょう…おかげでおらの評判はこげん具合に台無しってやつで。
シュザンヌ　（小声でフィガロに）話をそらして、そらしてったら！
フィガロ　じゃあ、相変わらず飲んだくれようってんだな？
アントニオ　飲まなきゃ、こっちの頭がいかれちまわあ。
伯爵夫人　でも、飲みたくないのにそんな風に飲んでは…
アントニオ　喉も渇かねえのに飲み、年がら年中なにをするってのが、奥様、ただひとつ畜生どもと人間さまの違いですだ。

伯爵　（激しく）いいから答えろ、さもないと首にするぞ。

アントニオ　出て行くですって、おらが？

伯爵　なんだって？

アントニオ　（自分の額に触り）あなた様のここが足りなくてよい召使を抱えておけねえとしても、このおらは、こんなよいご主人を手放すほどお頭《つむ》が足りなくはねえですがす。

伯爵　（怒って彼を揺さぶる）男が一人この窓から投げ出されたと言ったんだな、お前は？

アントニオ　へえ、おらの殿様、ついさっき、白いジャケットさ着て、逃げてったでがす、走ってよ…

伯爵　（じりじりして）それから？

アントニオ　おら追っかけようとしただが、この手を柵に嫌ってえほどぶつけちまって、しびれたこの指のせいで、もう手も足も出ねえってありさまでがす。（指を上げる）

伯爵　せめて、何者かわかっとるのか？

アントニオ　そりゃもう！　…ただし見ていればで…

（一〇）「でたらめ」と言うべきところをアントニオはほろ酔いが残っていて間違える。原文では téméraire の代わりに ténébreux となっている。

シュザンヌ　（小声でフィガロに）見てないんだわ。
フィガロ　たかが花の一鉢ぐらいで大騒ぎかよ！　お前のニオイアラセイトウとやらはいったいいくらするんだ、この泣きっ面め？　お探しになるには及びません、殿様、跳び下りたのはこの私めで。
伯爵　なんだと、お前が？
アントニオ　「いったいいくらするんだ、泣きっ面め」だって？　するってえとあんたの身体はその時からずいぶんとでかくなったんだな？　おらが見た時にゃあもっとずっと小さくて、細っこかったでねえか？
フィガロ　そりゃそうさ。跳ぶ時には身体を丸めるからな…
アントニオ　おらにゃあどっちかって言やあ…まるで、小姓のちび公みたいだったぞ。
伯爵　シェリュバンだと言うのか？
フィガロ　そうでしょうとも、セビーリャの門から、馬を飛ばしてわざわざ戻って来たとでも言うんでしょう、今頃はもうあっちに着いてるはずです。
アントニオ　いや！　違うだ、おらそんなこと言ってねえ、言ってねえとも。馬から跳び下りるとこなんぞ見てねえからな、見てりゃあ、やっぱりそういうだろうからな…
伯爵　ああ、苛々する！
フィガロ　私めは侍女たちの部屋におりました。白いジャケット姿でしたが、なにせ暑うございましたから！　…あそこでシュザンヌを待っておりましたところ、突然、殿様のお声と大きな物音が聞こえました。なにせあの手紙の件がありましたので、なぜか急に怖くなりまして、で、馬鹿な話でございますが、やみくもに苗床の上に跳び下りてしまいました、おかげで右足までいささかくじいてしまった次第で。（彼は足をさする）

アントニオ　あんただと言うなら、この下らん紙っきれ、おら返してやるべえ。落っこってきたあんたのジャケットからこぼれたもんだで。

伯爵　（紙切れに跳びつく）わしによこせ。（彼は紙切れを開き、閉じる）

フィガロ　（傍白）しまった。

伯爵　（フィガロに）いくら怖くなったとしても、この紙の中身を忘れるはずはないだろうし、お前のポケットにどうして入っていたかも忘れはすまい？

フィガロ　（困って、ポケットを探りいくつも書類を引っ張り出す）それは、まあ、もちろんですが…しかし、たくさんあって、全部に返事しないといけないもので…（書類のひとつを眺め）これはなんだ？　ああ！　マルスリーヌの手紙でした、四ページもありまして、たいしたものですよ！　…ひょっとしてそれは牢屋に入っているあの哀れな密猟者の嘆願書じゃないですか？　…いや、それはここにある…こっちのポケットには別館の家具一覧表があったのですが…（伯爵は手にした紙切れをまた開く）。

伯爵夫人　（小声でシュザンヌに）まあ、困った！　シュゾン、シェリュバンの士官任命の辞令だわ。

シュザンヌ　（小声でフィガロに）万事休すよ、あれは辞令。
伯爵　（紙切れをたたみ）さてと！　その場しのぎの名人、察しがつかんかね？
アントニオ　（フィガロに近づき）殿様は、察しがつかんかと仰せだぞ！
フィガロ　（彼を押し戻し）うるさいぞ！　この田舎もんが、人の鼻先でしゃべりやがって！
伯爵　これがどういうものか思い出せんか？
フィガロ　あっはっは！　あいつだ、可哀想に！　あのついてない坊主の辞令でしょう。あいつ、私に預けたんですが、返してやるのを忘れておりました。やれ、やれ！　おれもうっかりしてるなあ！　辞令がなかったらどうするつもりだろう、あの坊主？　大急ぎで行ってやらないと…。
伯爵　やつはなぜお前に辞令を預けたんだ？
フィガロ　（困って）確か…それをどうにかしてくれと言っておりましたが。
伯爵　（紙切れを見て）何も欠けてはおらんぞ。
伯爵夫人　（小声でシュザンヌに）印よ。
シュザンヌ　（小声でフィガロに）印がないのよ。
伯爵　（フィガロに）答えないのか？
フィガロ　それは…つまり、たいしたことではないのですが。それでも、それが慣例だと申しまして…。

伯爵　慣例！　慣例だと！　慣例だとなんなんだ！
フィガロ　慣例によりますと、殿様の紋章入りのご印が押されるはずでございます。
伯爵　（紙切れを開いてから、怒ってそれをもみくしゃにする）どうやら、わしには何ひとつわからんようになっているらしい。（傍白）みんなフィガロが操っておる。仕返しせずにおくものか！
（口惜しそうに出て行こうとする）
フィガロ　（伯爵を押しとどめ）私どもの結婚式をお命じくださらずに出て行かれるので？

第二十二景

バジール、バルトロ、マルスリーヌ、フィガロ、伯爵、グリップ＝ソレイユ、伯爵夫人、シュザンヌ、アントニオ、伯爵の従僕たち、家臣たち

マルスリーヌ　（伯爵に）お命じなさらないでくださいませ、お殿様！　そんな恩典をお授けになる前に、お裁きを下していただいて然るべきだと存じます。この人は私との間に約束がございます。
伯爵　（傍白）仕返しの種がやってきたぞ。
フィガロ　約束だって！　いったいどんな？　説明してくれよ。

マルスリーヌ　ええ、説明しますとも、この嘘つき！
（伯爵夫人は安楽椅子に腰を下ろす。シュザンヌはその後ろにいる）
伯爵　いかなる案件かね、マルスリーヌ？
マルスリーヌ　結婚の義務でございます。
フィガロ　借金の証文一枚、それだけです。
マルスリーヌ　（伯爵に）私と結婚するという条件でございます。貴方さまは大貴族でいらっしゃいます、この地方の最高判事でもあられます。
伯爵　法廷に出頭するがよい。わしはあらゆる人々にそこで裁きを下す。
バジール　（マルスリーヌを指差して）しからば、お殿様、マルスリーヌにつきまして私めが権利を行使するのをお許し賜るでしょうか？　（二）
伯爵　（傍白）ああ！　そこにいたか、手紙のペテン師め。
フィガロ　同じくお頭《つむ》のいかれたのがもう一匹か！
伯爵　（怒ってバジールに）お前の権利！　権利だと！　わしの前でよくそんな口が利けるな、愚か者！
アントニオ　（手を打って）そいつはぴったりでごぜえますな、愚か者っつう名は。
伯爵　マルスリーヌ、そなたの権利を審査するまではあらゆる事柄を中止する。審査は法廷の場において公開で行う。正直者のバジール、忠実にして間違いのない使い！　街まで行って法廷の構成員たちを迎えてくるのだ。

バジール　この一件のためで？

伯爵　それと手紙の百姓を連れてくるのだ。

バジール　そんなの私が知るわけございません。

伯爵　嫌だと言うか！

バジール　私は走り使いするためにこの館に入ったのではありませんから。

伯爵　ではなんのためだ？

バジール　村のオルガン演奏の名手として、奥様にはクラヴサンをご教示し、奥様の侍女たちには歌を、小姓たちにはマンドリンを教えております。また特に役目といたしましては、殿様のお気に召すまま、お客人に私のギターを楽しんでいただくことです。

グリップ=ソレイユ　（進み出て）おら、喜んで行きますだ、お殿さあ、もしよろしければでがす。

伯爵　お前の名は、役目はなんだ？

グリップ=ソレイユ　グリップ=ソレイユと申しますだ、ご立派なお殿さあ、ヤギの番する小僧でごぜえます、花火の役さ雇われてめえりました。今日はヤギどももお祭りだで、おら、どこさ行けばこのあたりの裁判屋の先生方がいるだか、ようくわかっとるでがす。

（一一）　この権利は四幕十景で明らかにされる。

伯爵　お前のその熱意は気に入った。行ってくるがよい。だが（バジールに向かい）そなたもギターを弾いて歌いながらこの方を道々楽しませてさしあげるがいい。この方はわしの客人だ。
グリップ=ソレイユ　（嬉しそうに）へえっ！　このおらが、お客…？（シュザンヌが伯爵夫人を指差し、手で彼を制止する）
バジール　（仰天して）私が弾きながらグリップ=ソレイユについて行きますので？…
伯爵　それがそなたの務めだ。行け、さもなければ首だ。（彼は出て行く）

第二十三景
伯爵を除く前景の人々

バジール　（自分に向かい）あーあ！　鉄製の鉢を相手にしても歯が立たん、所詮こちらは…
フィガロ　土で作った水がめ、蟷螂《とうろう》の斧だものなあ。（一二）
バジール　（傍白）マルスリーヌとこいつの結婚を後押しする代わりに、おれと彼女の結婚を確実にしなくちゃあ。（フィガロに）いいか、わたしが帰るまでは何も決めるなよ。（奥の肘掛け椅子の上のギターを取りに行く）
フィガロ　（ついて行き）決めるだって！　ああ！　何も心配するな。お前さんが二度と帰ってこなくたって…どうやら歌う気にならんようだな、おれが音頭取ってやろうか？　…さあ、いっちょう陽気にやろうや！　おれのフィアンセのためだ、声高らかに、それ、ラ、ミ、ラ。

(彼は後ずさりしながら歩み、次のセギディーリャ(一三)を歌いながら踊る。バジールが伴奏し、皆がそれに従う)

セギディーリャ(メロディーつき)

金《かね》より大事な
あの娘《こ》の貞淑、
おいらの愛しいシュゾン、
ゾン、ゾン、ゾン、
ゾン、ゾン、ゾン、
ゾン、ゾン、ゾン、
ゾン、ゾン、ゾン。

(一二)　ラ・フォンテーヌの寓話、V、二の C'est le pot de terre contre le pot de fer.「鉄製のつぼに対する土のつぼだ、これではとても歯が立たない。」の故事から作者が示唆を受けた台詞。

(一三)　セギディーリャはスペインの大衆的な歌と踊り、アンダルシア起源で早い三拍子。

あの娘《こ》の優しさ、おいらの主《あるじ》、
従うともさ、
かわいいシュゾン
ゾン、ゾン、ゾン、
ゾン、ゾン、ゾン、
ゾン、ゾン、ゾン、
ゾン、ゾン、ゾン、
（音が遠ざかり、後は聞こえなくなる）

第二十四景
シュザンヌ、伯爵夫人

伯爵夫人　（安楽椅子に座ったまま）ほらね、シュザンヌ、そそっかし屋のフィガロの手紙のせいでとんだひと騒ぎさせられたのよ。
シュザンヌ　ああ！　奥様、化粧室から私が出てきました時の奥様のお顔ったらお見せしたいほどでした！　突然白っちゃけたかと思うとすぐ今度はどんどん赤く、赤く、赤ーくおなりでした！

伯爵夫人　では、あの子は窓から飛び下りたの？
シュザンヌ　なんのためらいもなく、素敵な子ですわ！　軽やかに…まるでミツバチのよう。
伯爵夫人　ああ！　あのとんでもない庭師ったら！　おかげでひどくあわててしまったの…二つの出来事が結びつかなかったのよ。
シュザンヌ　あら！　奥様、とんでもない。それこそ私ようくわかりましたの、上流社交界の慣わしのおかげでご婦人方がそれとわからない嘘をどれほどちゃんとつけるものか。
伯爵夫人　伯爵がちゃんとだまされたと思う？　あの子を館の中で見つけようものなら大変！
シュザンヌ　しっかりかくまってやるよう頼んでまいりましょう…
伯爵夫人　やっぱりあの子は発たなくては。あんなことが起きた以上、わたし、お前の代わりにあの子を庭に送る気にはならない、わかるでしょう。
シュザンヌ　私も絶対に参りませんわ。これではまた、私の結婚も…
伯爵夫人　（立ち上がり）待って…他の誰かやお前の代わりに、わたしが自分で行ったらどうかしら？
シュザンヌ　奥様、ご自身で？
伯爵夫人　誰も危ない目に遭うわけでなし…伯爵もそうなれば言い逃れはできない…あの人の嫉妬にお灸を据えて、その不実を証明する、そうすれば…そうよ、最初の困難をうまく切り抜けたおかげで、わたしも第二の困難をしのごうとする勇気が出たわ。すぐあの人に知らせてちょうだい。庭に参りますって。だけど、絶対誰にも教えてはだめよ…

シュザンヌ　ああ！　でも、フィガロには。

伯爵夫人　だめ、だめ。あれはすぐ取り仕切ろうとするから…わたしのビロードの仮面《マスク》と杖を取って来て。テラスでよく考えてみるわ。（シュザンヌは化粧室に入る）

第二十五景

伯爵夫人（ひとりで）

わたしの小さな計画もかなり大胆だわ！（振り返る）まあ！　リボン、わたしのきれいなリボン！　お前を忘れていたわ！（安楽椅子の上からリボンを取り上げ、巻く）もう離さないからね…お前を見ると思い出すわね、あの可哀想な子が…ああ！　伯爵さま、あなたはなんということをなさったの？　…で、わたしは今何をするのかしら？

第二十六景

伯爵夫人、シュザンヌ

（伯爵夫人はそっとリボンを胸に隠す）

シュザンヌ　杖と奥様の仮面《マスク》でございます。

伯爵夫人　いいこと、たった一言《ひとこと》でもフィガロに言ってはだめよ。

シュザンヌ　（嬉しそうに）奥様、ご計画は素敵ですわ！　私もよく考えてみましたの。これならすべてがまとまって、かたが付き、万事めでたしですわ。これで、もう何が起きても私の結婚は間違いございません。（彼女は女主人の手に接吻する。二人は出て行く）

幕間に従僕たちが法廷を整える。弁護人用の背もたれのある長い腰掛が二つ舞台両側に置かれる。その後ろは自由に通れるようになっている。舞台中央奥に二段の踏板のついた壇が置かれその上に伯爵の肘掛け椅子が乗せられる。書記のテーブルと腰掛が一方の舞台前面に置かれ、ブリドワゾンと他の判事たちの席は伯爵の壇の両側に置かれる。

第三幕

舞台は玉座の間と呼ばれ、法廷に使用される館の一室。一方に細かいサージで作られた天蓋、その下には国王の肖像。

第一景

伯爵、ペドリーユ（上着を着て長靴を履き、封印された包みを持つ）

伯爵　（早口で）よくわかったか？

ペドリーユ　はい、閣下。（出て行く）

第二景

伯爵（ひとり、大声で）

ペドリーユ！

第三景

伯爵、ペドリーユ（戻ってきて）

ペドリーユ　閣下？
伯爵　誰にも見られなかったな？
ペドリーユ　誰ひとり。
伯爵　純血種のアラブを使うがいい。
ペドリーユ　菜園の柵につないであります、きちんと鞍を置きまして。
伯爵　しっかりと、一気に、セビーリャまで飛ばせ。
ペドリーユ　たったの三里《リユー》で、しかもいい道でございます。
伯爵　着いたらすぐに、小姓めが到着したかどうか聞くのだ。
ペドリーユ　あちらのお館にでございますか。
伯爵　そうだ。それもいつ着いたかだ。
ペドリーユ　わかりました。
伯爵　辞令をやつに渡したら、急いで戻るのだ。

ペドリーユ　もしおりませんでしたら？

伯爵　もっと急いで戻り、わしに報告するのだ。行け。

第四景

伯爵（ひとり、考えながら歩いている）

バジールを遠ざけたのはまずかったな！…怒るとろくなことにならん。やつから渡されたこの手紙、これには奥方について何か企みがあるとあったが、わしが着いた時には侍女が化粧室に閉じこもっていて、女主人の方は本当か嘘かわからんがひどいおびえようだった、窓から男がひとり跳び下りて、別の男が後から自分のしわざですと白状…したのか、ただ言い張っていたのか…まるで雲をつかむような話だ。これには何か裏がある。家来どもは勝手放題、下々《しもじも》の連中のすることなんぞどうでもいいか？　だが、奥方は別だ！　もしもどこかの身の程知らずが手でも出そうものなら…わしはどうかしたんだろうか？　事実、頭に血がのぼると、普段ならこの上なく冷静な想像力もまるで妄想みたいになる！　彼女《あれ》は楽しんでいたんだ。噛み殺した笑い、押さえ切れない喜び！　彼女《あれ》は体面を重んじている。そしてわしの名誉は…いったいどこに行ったんだ！　はたまた、わしはどうなっとる？　あのいたずら娘のシュザンヌはわしの秘密をばらしたのか？…わしの秘密はまだあの娘《こ》にとって秘密ではないのだから！　なんでわしはこんな浮気心をそそられるんだろう？　もう何度も何度もよそうと思ったのに…心がぐらぐらしているとおかしな具合になるものだ！　あれこれ迷わずわが物にと思えば、わしだってこんなにはこだわらなかったろうに。あのフィガロめ、ずいぶん待たせるな！　うまくやつの腹の中を探らなくては、（フィガロ舞台奥に現れ、立ち止まる）そして、あいつと話しながら、わしのシュザンヌへの想いを知っているかどうか、遠まわしに聞き出したいものだ。

第五景

伯爵、フィガロ

フィガロ　（傍白）ほらおいでなさったな。

伯爵　あいつがあの娘《こ》から一言でも聞いていたら…

フィガロ　（傍白）そうだろうと思ってた。

伯爵　…婆さんと結婚させてやるぞ。

フィガロ　（傍白）バジール旦那の色恋沙汰は？

伯爵　…若い方はそれから考えるとしよう。

フィガロ　（傍白）おやまあ！　おいらの女房にねえ、どうぞよろしく。

伯爵　（振り向いて）あん？　なんだ？　どうしたんだ？

フィガロ　（進み出て）私は、ご命令で参上いたしました。
伯爵　ではなんであんな言葉を？
フィガロ　何も申しませんが。
伯爵　（繰り返す）「おいらの女房にねえ、どうぞよろしく」？
フィガロ　つまりその…私めがしておりました返事の終わりの部分でして。「言ってやってくださ
　い、おいらの女房にねえ、どうぞよろしく」って。
伯爵　（歩き回り）「やつの女房」だと！…ところでいったいどんなご用で足止めされていたのかう
　かがいたいですな、あなた、わしがこうしてお呼びしておるのに。
フィガロ　（服装をきちんとする振りをして）跳び下りたはずみに苗床で服を汚しまして、着替えて
　おりましたので。
伯爵　一時間もかかるのか？
フィガロ　時間はかかりますとも。
伯爵　ここの召使ときたら…主《あるじ》たちより着替えに時間がかかるのか！
フィガロ　手を貸す従僕がおりませんのですから。
伯爵　…わしにはどうもよくわからんのだ、さっき、お前はなんで、跳び下りたりして必要もな
　い危険をおかしたのか…
フィガロ　危険ですとも！　まるで私めは生き埋めにでもなったみたいで…

伯爵　いかにもわからん振りしてわしの話をそらそうとするのか、この古ぎつね！　よくわかっとるくせに、わしが心配なのは危険の方ではなく、動機の方だって。

フィガロ　殿様は偽の知らせを真に受けられ、まるでモレナ山の急流（一）みたいにあらゆる物をひっくり返しながら怒り狂っておいでになりました。男をひとり見つけるか、さもなければあなた様はドアというドアを破り、仕切りをぶち抜かんばかりでございました！　私はたまたま居合わせましたので、あんなに切れてしまった殿様が、いったい何をなさるかわかったものじゃない…。

伯爵　（さえぎって）階段から逃げられたろうに。

フィガロ　廊下で捕まったでしょう、殿様に。

伯爵　（怒って）廊下だと！　（傍白）かっとなって、知りたいことにさしさわってはまずいな。

フィガロ　（傍白）次はどう来るかだ、こちらも手堅くいかなくちゃあ。

伯爵　（口調を穏やかに変えて）こんなこと言う気はなかったのだ。その話はよそう。わしは…そう、わしとしてはお前をロンドンに連れて行こうと思ったのでな、外交至急文書の届け役にだ…だが、いろいろ考えてみると…

フィガロ　殿様、お考えが変わりましたので？

（一）　モレナ山はセビーリャの北西にある山塊。

伯爵　第一に、お前は英語がわからん。

フィガロ　「糞っ《ゴッダム》」という言葉を知っております。

伯爵　なんだねそりゃ？

フィガロ　「ゴッダム」を知っておりますと申したんで。

伯爵　それで？

フィガロ　なんとまあ！　英語ってのはいい言葉でして。ほんの少しで立派に通じますんで。「ゴッダム」さえ使えれば、イギリスではどこに行ったって不自由ありません。脂の乗ったうまい若鶏を味わいたいと思われましたら？　居酒屋にお入りになって、ボーイにちょっとこんなジェスチャーをなさいませ。（串を回す振り）「ゴッダム」！　です。塩漬けの牛の脚がパンなしで出てまいります。すごいじゃありませんか！　飛び切りのブルゴーニュかボルドーの赤をお飲みになりたければ？　これだけで充分。（びんの栓を抜くまね）「ゴッダム」！　見事な錫のつぼに入れたふちまで泡立ったビールを持ってまいります。なんたる満足感！　あちらでかわいい娘《こ》が、ちょこちょこと走るような足取りで、目を伏せ、ひじを後ろに張って、少々腰を振りながら歩いているのをお見かけになったら？　愛想よく指を全部揃えて口に当て、「ほう！　ゴッダム」！　その娘《こ》はまるで荷担ぎ人足みたいな馬鹿力でこちらの横っ面を張り飛ばします。つまり、わかっているということで。実際のところは、イギリス人たちも話す時にはいくつかの言葉をあちこち付け加えますが、「ゴッダム」が言葉の基本だということは明々白々で。もしも殿様が私めをスペインに残される理由が他にございませんのでしたら…

伯爵　（傍白）やつはロンドンに行きたがっとる。シュザンヌはしゃべっていないな。

フィガロ　（傍白）おれが何も知らんと思ってるな。そう思わせたまま少し引っ掻き回してやろう。

伯爵　いったい家内はどういう理由であんないたずらをわしに仕掛けたんだろう？

フィガロ　それはもう、殿様の方が私などよりよくご存じのはず。

伯爵　わしは何事につけ、あれの望みを察して、贈り物は山ほど与えているのに。

フィガロ　確かに与えておられます。ですが、あなた様は不実でいらっしゃいます。必要なものはよこさず、余計なものをくれる人に感謝するでしょうか？

伯爵　…かつてはお前もわしになんでも言ってくれたが。

フィガロ　今では何ひとつ隠し立ていたしません。

伯爵　奥方は今度のお見事な共同作戦でお前にいくらくれたのだね？

フィガロ　あの医者の手から奥様をお救いするためにあなた様は私めにいくら下さいましたっけ？(二)　さあ、殿様、立派にお仕えしている者を辱めるようなことはおやめください、悪い召使になりかねませんぞ。

（二）『セビーリャの理髪師』でのフィガロの活躍を想起されたい。

伯爵　お前のすることにはなぜいつもいかがわしさが付きまとっておるのかね？
フィガロ　人のあらというのは探せばどこにでも見つかるものでございますよ。
伯爵　評判ときたら目も当てられない！
フィガロ　で、もし私が評判よりましな人間でしたら？　私と同じように言える殿様がたがたくさんいらっしゃいますかね？
伯爵　何度も何度もお前が幸運の方に向かっているのを見たが、一度も真っすぐ進まなかったな。
フィガロ　ではどうすればいいとおっしゃるので？　群集がひしめき合っているんです。めいめいが突っ走ろうとする、押し合い、へし合い、ひじ鉄を食らわせ、ひっくり返し、たどり着いた者勝ち、残りは押しつぶされておしまい。こんな風になるのですから、私としてはあきらめますね。
伯爵　幸運をか？　（傍白）これは初耳だ。
フィガロ　（傍白）今度はおいらの番だぞ。（普通の声で）閣下は私をお館の管理人にしてくださいました。まことにありがたいお役目で。実際のところ、私は重要なニュースを最初に扱う至急便係には向いておりません。その代わり、アンダルシアの奥深く、女房と幸せに暮らす方が…
伯爵　彼女をロンドンに連れて行くのに何かさしさわりでもあるのか？
フィガロ　そうなりますとしばしば女房を置いて出かけなければならないでしょうし、いずれは結婚なんてするんじゃなかったって話になりかねません。

伯爵　才覚も個性もあるお前のことだ、いつかは役人にだって出世できるだろう。

フィガロ　出世するのに才覚ですって？　殿様は私の才覚を馬鹿にしておいでですな。平凡でへいこらしてれば、なんにでもなれますよ。

伯爵　…わしの下で一応、政治を学べばいいだろう。

フィガロ　政治など知っております。

伯爵　英語のようにな、言葉の基本てやつか！

フィガロ　さようで、もしもここで威張れるものがあるとすれば、それは政治ですから。とにかく、知っていることを知らん振りする、知らんことは全部知っている顔をする、わからんことはわかった振り、聞こえたことは聞かなかった振り、とりわけ自分の実力以上のことができる振りをすること。次にしばしばなんでもないことをいかにも大きな秘密めかしてみせる、羽ペンを削るだけなのにわざわざ部屋に閉じこもり、いわゆるすっからかんの空っぽのくせに奥が深そうに見せかける、うまいか下手かは別にしてひとかどの人物のように振る舞う、スパイどもをそこら中に放ち、謀反人には年金をやり、密書の封印を溶かし、書類を横取りし、目的が重要だと称して手段の貧しさを偉そうに見せる、これが政治って代物ですよ、首をかけたってようございます！

伯爵　おい！　おい！　お前が定義したのは、謀略ってやつだ！

フィガロ　政治、謀略、結構ですとも。でも私はこの二つが兄弟だと思っておりますから、やりたいやつは勝手にやるがいいでしょう！　アンリ四世の歌にある「かわいいあの子にゃ代えられぬ！」(三)ってわけです。

伯爵　(傍白)ここに残りたいのか。わかったぞ…シュザンヌのやつ、わしを裏切りおった。

フィガロ　(傍白)引っ掛けてやったぞ、やつのやり口を使ってやっつけてやろう。

伯爵　それで、お前はマルスリーヌ相手の訴訟は勝てると踏んでおるのだな？

フィガロ　私がオールドミスを断るのは怪しからんとお責めになるので？　ご自分は若い娘を片っ端から横取りなさるのに？

伯爵　(嗤《わら》って)法廷ではな、裁判官は己の利害を忘れて法律だけを守るのだ。

フィガロ　上の者には寛大で、下々《しもじも》には厳しく…

伯爵　わしが冗談を言っておると思うのか？

フィガロ　そんなの、誰にわかると思し召す、殿様？「時は誠意の人」(四)って、イタリア人も言っておりますよ。時はいつだって本当のことを申します。誰が敵で誰が味方か、時が教えてくれますでしょう。

伯爵　(傍白)わかった、何もかもやつは聞いとるな。老女と結婚させてやるぞ。

フィガロ　(傍白)おれさまと知恵くらべしたのか、何を聞いたんだろう？

第六景
伯爵、従僕、フィガロ

従僕　（取り次いで）ドン・ギュズマン・ブリドワゾンさま！
伯爵　ブリドワゾンだと？
フィガロ　はい、さようですとも。常任判事で裁判官代理、あなた様の法律相談役で。
伯爵　待たせておけ。
（従僕は退場）

第七景
伯爵、フィガロ

フィガロ　（伯爵が考えているのをしばし眺めて）…殿様のお望み通りで？

（三）　モリエール作『人間嫌い』一六六六年演の一幕第二景でアルセストがオロントの詩をこき下ろす時に引用したアンリ四世時代のシャンソン。
（四）　イタリアのことわざ《Tempo è galant'uomo》

伯爵　（われに返って）わしの？　…わしはこの広間を公判用に整えよと命じたが。

フィガロ　で、何か足りない物がございますか？　殿様用に大きな肘掛け椅子、法律家たちには立派な椅子、書記用の腰掛、弁護人にはベンチが二つ、紳士淑女の方々は床で傍聴、下々《しもじも》はその後ろと。私は床の蝋引き職人を引き取らせてまいりましょう。

第八景

伯爵（ひとりで）

あのろくでなしには悩まされてばかりだ！　議論をすればわしの方が押されてしまう。攻め入ってきて、丸め込むんだ…ああ！　性悪コンビめ、お前らはぐるになってわしをなぶる気だな！　二人とも仲良くなろうが、恋人になろうが、好きにするがいい、認めてやるさ。だがな、夫婦だけには…

第九景

シュザンヌ、伯爵

シュザンヌ　（息せき切って）殿様…ごめん下さい、お殿様。

伯爵　(不機嫌に) なんだ、お嬢さん？
シュザンヌ　ご機嫌が悪いのでございますね！
伯爵　どうやら何かご用のようだな？
シュザンヌ　(おずおずと) あの、奥方さまがのぼせてめまいがするとおっしゃいますの。お殿様のエーテルのびんをお借りしたくて走ってまいりました。すぐにお返しするつもりで。
伯爵　(シュザンヌに手渡して) いや、いや、自分のために取っておくがいい。遠からず役に立つだろう。
シュザンヌ　私のような身分の女にのぼせなど無縁でございましょうに？　ご身分の高いお方の病ですわ、お寝間でしかかからないものです。
伯爵　のぼせ上がりすぎて、未来の夫を失うフィアンセにも…
シュザンヌ　私にお約束くださいました持参金でマルスリーヌにお金を払いますれば…
伯爵　お前に約束したって、このわしが？
シュザンヌ　(目を伏せて) お殿様、私はそう伺ったと思っております。
伯爵　そう、もしお前自身がわしの言うことを聴いてくれるのならな。
シュザンヌ　(目を伏せて) 閣下のお言葉を謹んで承るのは私の義務ではございませんか？
伯爵　では、なぜもっと早くそう言わなかった？　つれない娘だ。
シュザンヌ　本当のことを申し上げるのに遅すぎるだなんてございましまして？

伯爵　では日暮れ時に庭まで来てくれるのか？
シュザンヌ　毎晩、お庭を散歩しておりませんか、私？
伯爵　今朝はずいぶんひどい扱いをしてくれたじゃないか！
シュザンヌ　今朝でございますか？　小姓が椅子の後ろにおりましたのに？
伯爵　その通りだ、忘れておったな。だが、どうしてあんなかたくなに断ったのだ、バジールがわしの意を受けて？…
シュザンヌ　なんの必要がございますの、バジールみたいな人間をお使いになって…？
伯爵　これまたその通りだ。しかしな、フィガロというのがいるからな、お前はすべてやつに話したんじゃないか！
シュザンヌ　はい、もちろん、全部話しております…言っていけないこと以外は。
伯爵　（笑って）ああ！　かわいい娘だ！　では約束だな？　もし破ったら、わかっておるな、逢ってくれなければ、持参金もなし、結婚もなしだ。
シュザンヌ　（お辞儀をして）でも、結婚もなしですと、ご領主さまの初夜権もございませんわ、お殿様。
伯爵　この娘、どこでこんな言葉を仕入れてくるのだ？　ほんとに惚れ惚れするぞ！　とにかくお前のあるじがびんをお待ちだろうに…。
シュザンヌ　（笑い、びんを返して）口実がないとお話しできませんでしたでしょう？

伯爵　（彼女を抱きしめようとして）素晴らしい娘だ！
シュザンヌ　（逃れて）誰か来ます。
伯爵　（傍白）もうわしのものだ。（素早く退場）
シュザンヌ　さあ、早く奥方さまにお知らせしなくちゃ。

第十景

シュザンヌ、フィガロ

フィガロ　シュザンヌ、シュザンヌったら！　殿様のもとから下がって、そんなに急いでどこに行くんだ？
シュザンヌ　その気があれば、すぐに訴訟して。あんたの勝ちは今しがた決まったわ。（彼女は急いで退場）
フィガロ　（後を追って）ああ！　でも、ちょっと、待てよ…。

第十一景

伯爵（ひとり、戻ってくる）

「あんたの勝ちは今しがた決まったわ」だと！　とんでもない罠に引っ掛かるところだったぞ！　なんと無礼なやつらだ！　思いっ切り罰してやる…堂々たる正義の判決でな…だが、もしあいつが老女に金を払うとしたら！…でも、どうやって？…払ったとして…いや！　わしには札付きのアントニオがいるではないか、あいつの高慢ちきな自尊心ときたら、フィガロのようなどこの馬の骨ともわからんやつを姪と夫婦にしようなんて笑わせると思っとる。あの頑固なところをおだてあげて…何が悪い？　謀略という広い畑ではなんでも育てなくては、愚か者のうぬぼれまでもだ。（彼は呼ぶ）アント…(五)。

（マルスリーヌたちが入ってくるのを見る。伯爵は出て行く）

第十二景

バルトロ、マルスリーヌ、ブリドワゾン

マルスリーヌ　（ブリドワゾンに）判事さん、わたしの事件を聞いてくださいな。

ブリドワゾン　（判事のガウン姿、いささか吃音で）そんなら！　こ…口頭で…は…話すとするか。

バルトロ　これは結婚の約束なんです。
マルスリーヌ　お金の貸付がからんでおりますの。
ブリドワゾン　わ…わかった。その他、等々だな。
マルスリーヌ　いいえ、判事さん、その他はなしです。
ブリドワゾン　わ…わかった。で、その金を持ってきたのかな？
マルスリーヌ　いいえ、判事さん、このわたしが貸した方です。
ブリドワゾン　よく、わ、わかった。で、あ…あんたは、金を返せと言っとるんだな。
マルスリーヌ　いいえ、判事さん、わたしと結婚しろと言ってるんです。
ブリドワゾン　うん！　わ…わかったぞ、ようく。で、相手も、あ…あんたと結婚したいのかね？
マルスリーヌ　いいえ、判事さん、ですから訴訟になってるんですよ！
ブリドワゾン　このわしが、訴訟を、わ…わからんとでも思っとるのかね、あんた？
マルスリーヌ　そんなことありません、判事さん。（バルトロに）どうなってるんだろう、これ？
（ブリドワゾンに）ねえ！　あなたが裁くんですか、この訴訟を？

（五）　モーツァルトのオペラでは三幕第四景の伯爵のアリアになる。この後、オペラでは法廷の場は省略され、第五景のレチタティーヴォではすでに裁判が済んだことになって原作の第十六景に飛んでいる。

ブリドワゾン　わ…わしが他のことをするために、こ…この職位を買い取ったとでも？
マルスリーヌ　（ため息をついて）職位の売り買いなんてほんとに悪習だわ。
ブリドワゾン　さよう。た…ただでくれれば、も…もっといいが。訴訟のあ…相手は誰かね？

第十三景

バルトロ、マルスリーヌ、ブリドワゾン、フィガロ（揉み手をしながら登場）

マルスリーヌ　（フィガロを指し）判事さん、この性悪男が相手ですわ。
フィガロ　（陽気そのものの感じでマルスリーヌに向かい）お邪魔したようですな。殿様はすぐに戻って来られます、判事殿。
ブリドワゾン　こ、この若者、わしはどこかで会ったな。
フィガロ　お宅の奥様のところです、セビーリャの。お仕えしておりましたんで、判事殿。
ブリドワゾン　い、いつ頃の話かな？
フィガロ　下の坊ちゃんがお誕生の一年足らず前です、ほんとにかわいいお子で、おいらの自慢の種でした。
ブリドワゾン　さよう、あの子はきょ、兄弟中で一番かわいい。お、お前もここで、お、愚かにも身を固めるそうだな？

フィガロ　これは痛み入ります。それこそ惨めそのものでして。

ブリドワゾン　結婚の約束か！　あーあ、哀れなとんまめ！

フィガロ　どうも…。

ブリドワゾン　この男、わ、わしの秘書に会ったのかな、このお人好しは？

フィガロ　書記のドゥブル＝マンでは？

ブリドワゾン　さよう、つ、つまり秘書と書記の二股で食べとるんだ。

フィガロ　食べとるですって！　請合ってもいい、奴さんは貪り食ってるんですわ。いや！　そうですとも！　抄本とか、追加抄本とかで奴さんに会いましたよ。なにせそれが慣行だと言うんでね。

ブリドワゾン　て、手続きは踏まなくてはな。

フィガロ　もちろんですとも、判事殿、訴訟の中身は訴訟人のものですが、手続きというのは裁判所の財源だと、みんな承知してますよ。

ブリドワゾン　この、お、男は最初思ったほど馬鹿じゃないな。さてと！　あんた、ちゃんと心得ているからには、あ、あんたの事件を取り扱ってやろうかな。

フィガロ　判事殿、おいらあなたの公正なお裁きを信じておりますよ。あなたが昨今ペテンばやりの司法関係者であってもね。

ブリドワゾン　ああん？…さよう、確かにわしは、し、司法関係者だ。だが、もし、あんたが借りとって、払っとらんとしたら？……

フィガロ　その時は、判事殿、おいらが借りてなんかいないようなものだっておわかりでしょう。

ブリドワゾン　た、確かに。おい、また何を言っとるんだ、この男は？

第十四景

バルトロ、マルスリーヌ、伯爵、ブリドワゾン、フィガロ、廷吏

廷吏　（伯爵を先導し、叫ぶ）皆さん、伯爵閣下のご出廷。

伯爵　こんなところでも法服姿とは、ブリドワゾン殿！　これはごく内輪の事件に過ぎぬ。平服で充分だったのに。

ブリドワゾン　ご、ご親切に痛み入ります、伯爵さま、しかし、わしは法服以外では出ませんので。なんと言っても、形式です、よろしいか、け、形式ですぞ！　短い平服の判事を笑う者も、ほ、法服姿の検事を見ただけで震え上がりますぞ。形式、け、形式ですわい！

伯爵　（廷吏に）傍聴人を入れるがいい。

廷吏　（扉を開きに行き、金切り声で）開廷！

第十五景

前景の登場人物たち、アントニオ、館の従僕たち、男女の農夫たち（祭り用の晴れ着で）、伯爵（大きな肘掛け椅子に腰掛ける）、ブリドワゾン（脇の椅子に）、書記（机の後ろの腰掛に）、判事たちと弁護士たち（長い腰掛に）、マルスリーヌ（バルトロの脇に）、バルトロ、フィガロ（もうひとつの長い腰掛に）、農夫たちと従僕たち（後ろに立っている）

ブリドワゾン（ドゥブル=マンに）ドゥブル=マン、そ、訴訟案件を告知せい。

ドゥブル=マン（書類を読み上げる）気高き、いと気高き、限りなく気高き、ドン・ペドロ・ジョルジュ、貴族にしてロス・アルトス及びフィエロス山地、及び他の山地の男爵による、アロンゾ・カルデロン、若き劇作家に対する訴訟。死児の如き失敗作喜劇に関して、たがいに作者たるを否認し、相手に著作を押し付けんとするもの。

伯爵 両者ともに理由がある。却下。別の作品を共作したうえ、上流社会に多少なりとも目立たんとするならば、貴族はその名を冠し、詩人はその才能を注ぐことを命ずる。

ドゥブル=マン（別の書類を読む）アンドレ・ペトルッチオ、農民による、地方税収吏に対する訴訟。独断による強制取立ての件。

伯爵 その件はわしの管轄ではない。わしは王の傍らにあって、わが臣下たちを保護することにより、彼らによりよく尽くすものである。次。

ドゥブル=マン　（三番目の書類を取る）（バルトロとフィガロ立ち上がる）バルブ=アガール=ラアブ=マドレーヌ=ニコール=マルスリーヌ・ド・ヴェルト・アリュール（六）、成年未婚女子（マルスリーヌ立ち上がり、お辞儀をする）、によるフィガロ…洗礼名欄は空白、に対する訴訟。

フィガロ　匿名人。

ブリドワゾン　と、匿名人だあ！　い、いったいどこの聖人だ、そりゃ？

フィガロ　私のでさあ。

ドゥブル=マン　（書く）匿名人フィガロに対する訴訟。身分は？

フィガロ　貴族。

伯爵　貴族だって？

（書記は書きとめる）

フィガロ　もしも天がそう望まれたら、私は王侯の家に生まれたかもしれません。

伯爵　（書記に）いいから、先へ。

廷吏　（甲高い声で叫ぶ）静粛に！　皆さん！

ドゥブル=マン　（読む）…前記フィガロの結婚に対するこれまた前記ヴェルト・アリュール嬢による異議申し立ての件。医師バルトロが原告の弁護を行い、法廷の許可あらば、当法廷の判例並びに慣習に反するも、前記フィガロが自身を弁護するものとする。

フィガロ　慣習というのはね、ドゥブル゠マン先生、しばしば間違っているんですよ。多少とも知識のある当事者は、いつだって自分の事件については、その辺の弁護士どもよりよくわかっているんです。そんな弁護士どもは額に汗をかきかき、怒鳴りたて、なんでもよく知ってるくせに事実そのものは知らず、訴訟人を破産させようが、傍聴人をうんざりさせようが、判事席のお偉方をうとうとさせようがなんとも思ってはおりません。で、その後はというとまるでキケロのムレナ弁護(七)でも作り上げたようにますます偉そうに膨れ上がっているんです。だが、私は事実を少しの言葉で申しましょう。さて、皆様…

ドゥブル゠マン　余計な言葉をぺらぺらとしゃべりなさるな、お前さんは原告ではなく、抗弁する立場でしかないのです。前にどうぞ、お医者の先生、契約書をお読みなされ。

フィガロ　ほう、契約書ねえ！

バルトロ　（眼鏡をかけて）契約書は明確そのものじゃ。

(六)　マルスリーヌの後に続くヴェルト・アリュールはフランス語で「若々しい立ち居振る舞い」の意味。老女の名としてつけた作者の皮肉。

(七)　キケロ（ＢＣ一〇六〜ＢＣ四三年）ローマ共和制期の政治家、哲学者、文章家。ＢＣ六三年のムレナ弁護は彼の傑作のひとつとされる。

ブリドワゾン　で、では見なくてはな。

ドゥブル=マン　お静かに、皆さん！

廷吏　（甲高い声で）静粛！

バルトロ　（読む）「下記に署名せる私は、某、某、マルスリーヌ・ド・ヴェルト・アリュール嬢より、アグワス=フレスカスの館《やかた》においてスペイン正貨二千ピアストル（八）を受理したことを認める。同嬢の請求あり次第、当館《とうやかた》において当金額を返却するものとし、しかる後、感謝の印として同嬢と結婚するものである、云々。署名：単にフィガロ」とのみ。私としては借金の支払いと約束の実行、裁判費用の負担が結論であります。（弁論を始める）判事の皆さん…いまだかつてこれほど興味津々たる訴訟が法廷で裁かれたことはございません。美しきタレストリス（九）に結婚を約束した、かのアレクサンドロス大王以来…

伯爵　（さえぎって）先に進む前に、弁護人、証書の有効性については合意ができておるのかね？

ブリドワゾン　（フィガロに）こ、この朗読に何か反対することは？

フィガロ　書類の読み方にですが、皆さん、悪意、誤り、あるいは不注意があります。なぜなら、文中には「当金額を返却するものとし、しかる後、同嬢と結婚するものである」ではなく、「当金額を返却するものとし、しからずんば、同嬢と結婚するものである」とあるのです。大きな違いです。

伯爵　書面には「しかる後」とあるのか、それとも「しからずんば」なのか？

バルトロ　「しかる後」です。
フィガロ　「しからずんば」です。
ブリドワゾン　ドゥ、ドゥブル、マン、君自身で読んでみたまえ。
ドゥブル゠マン　(書類を手に) それが一番確かで。当事者はよく読みながらごまかしますからな。(読む) ええと、ええとヴェルト・アリュール、ええと、嬢と、ええと、ああ！「同嬢の請求あり次第、当館において当金額を返却するものとし、…しかる後…しからずんば…しかる後…しからずんば…」ここがひどく汚い字でして…しかもしみがついております。
ブリドワゾン　し、しみだと？　わしにはわかっとるわい。
バルトロ　(弁論を続け) 私は主張しますぞ、これはです、文章の相関的部分各々を結びつける繋合接続詞たる「しかる後」であると。「同嬢に支払い、しかる後、同嬢と結婚するものである」です。
フィガロ　(弁論する) 私も主張しますぞ。これはです、文章の相関的部分各々を分離する二者択一

(八)　一ピアストルは当時のスペイン通貨で一〇〇スー、フランスの一リーヴルの価値は二〇スーだったからフィガロの借りた二千ピアストルは一万リーヴルとなる。
(九)　ＡＤ一世紀ごろのローマの歴史家クイントゥス・クルチウス・ルフス作『アレクサンドロス大王伝』の五巻、第五章に出てくるエピソード。

的接続詞「しからずんば」です。学者ぶるやつにはそれ以上の学識で立ち向かいましょう（一〇）。相手がラテン語をしゃべる気なら、私はギリシャ語でやり返します。ぺしゃんこにしてやりますとも。

伯爵　こんな問題はどう裁けばよいかな？

バルトロ　皆さん、きっぱりと決めて、ひとつの文言にくどくど関わらないために「しからずんば」でよしといたしましょう。

フィガロ　文書に記してくださいよ。

バルトロ　同意しましょう。だが、そんなくだらん逃げ口上で罪人は救えませんぞ。その点を考慮しつつ証書を調べてみます。（読む）「当館において当金額を返却するものとし、しかるが故にそこで同嬢と結婚するものとする。」と、まずこんな意味でしょう。皆さん、「貴方はこのベッドで悪血を抜いて（一一）もらいなさい、しかるが故にそこで暖かくしていなさい。」即ち「その中で」ということです。「ルバーブ四分の一オンスを彼に飲ませなさい、しかるが故にそこへタマリンドの粉少々（一二）を混ぜて。」その中に混ぜてということです。従って、「当館、しかるが故にそこで」というのは皆さん、「当館、その中で…」ということです。

フィガロ　とんでもない。この文章はこういう意味です。「病気が貴方を殺すか、しからずんば医者か」即ち、さもなければ「医者」かで、疑いの余地はありません。もうひとつ例を引きましょう。「貴方が面白いものを何ひとつ書かないか、さもなければ貴方をけなすのは愚か者たちである」、さもなければ愚か者たちです。意味は明快。なぜならば、この場合、愚か者たちか、あるいはへっぽこ文士か、いずれかが決定的な名詞なのです。バルトロ先生はこの私が自分の文章法を忘れたとでも思ってらっしゃるのでしょうか？　というわけですから、「当館において同嬢に返却し、コンマ、しからずんば結婚するものとする。…」

バルトロ　（すかさず）コンマなし。

フィガロ　（すかさず）コンマあり。コンマです、皆さん、しからずんば結婚するものとする。

バルトロ　（書類を眺めて、口早に）コンマなしです。皆さん。

フィガロ　（口早に）ありましたのですよ、皆さん。第一、男が結婚するのに借金返済の義務があるのですかねえ？

バルトロ　（口早に）あるとも。結婚しても財産は別々じゃ。

（一〇）　フランスのことわざに「ペテン師にはそれ以上のペテン師が」というものがあり、人をだまそうとするやつはそれを上回るやつにだまされることがあるとの意味だが、この台詞はそれを応用したもの。

（一一）　十七・十八世紀の古い医学では体液が濁ることで病が発生すると考えられ、患者の治療にはその悪しき体液を取るのがよいとされていた。その方法は瀉血《しゃけつ》、浣腸、下剤など。モリエールの喜劇にはしばしば引用された。

（一二）　タマリンドの実は粉末にして緩下剤の水薬に使われた。

フィガロ　（口早に）では住むのも別々といたしましょう、結婚が借金返済にあたらんのですから。

（判事たちは立ち上がり、小声で意見を述べ合う）

バルトロ　ふざけた借金返済だ！

ドゥブル＝マン　お静かに、皆さん！

廷吏　（甲高い声で）静粛！

バルトロ　こうした詐欺師はこんなことで借金返済だと称するのです。

フィガロ　貴方が弁じているのは、弁護士さん、ご自分の訴訟ですかい？

バルトロ　わしはこの婦人を弁護しておる。

フィガロ　与太話は続けてもいいが、中傷はやめてもらいましょう。訴訟当事者がかっとなるのを案じて法廷が第三者を呼ぶことを容認したのは、何も節度ある弁護人が特権を振り回す無礼者になっても大目に見ると了解したのではありません。それではこの上なく尊い制度を貶《おとし》めることになります。

（判事たちは小声で意見を述べ続ける）

アントニオ　（マルスリーヌに、判事たちを指して）何をぶつくさ言っとるんだ、あの連中は？

マルスリーヌ　誰かが最高判事を買収したから、あの人はもう一人を買収するのさ、それであたしは敗訴だね。

バルトロ　（小声で、暗い口調で）わしは心配になった。

フィガロ　（陽気に）がんばれ、マルスリーヌ！

ドゥブル＝マン　（立ち上がり、マルスリーヌに）おい！　いくらなんでもひどすぎるぞ！　私はあなたを告発する、そして、裁判所の名誉を守るために、要求します、他の事件に裁きを下す前に、この件について判決を下されることを。

伯爵　（腰を下ろし）いや、書記よ。わしは個人的中傷に判決は下さない。スペインの判事たる者は、たかだかアジアの法廷でなら相応しい行き過ぎに陥って赤面するような羽目になってはならん。職権濫用はすでに多い。わしは今、諸君に判決理由を述べて、次に来るべき濫用を正そうと思う。これに同意せぬ判事は誰であれ法の大敵である。では、原告の婦人は何を請求し得るか？　借金の返済がない場合の結婚である。返済と結婚二つともにというのはいささか無理があろう。

ドゥブル＝マン　お静かに、皆さん！

廷吏　（甲高い声で）静粛！

伯爵　被告はなんと答えるか？　彼は独身を守ろうと望んでおる。それは許される。

フィガロ　（喜んで）勝った！

伯爵　しかし、文面にはこうある。「請求あり次第当金額を支払うものとし、しからずんば結婚するものとする、云々」。よって当法廷は被告に対して現金二千ピアストルを原告に支払うか、しからずんば今日中に彼女と結婚することを命ずる。（彼は立ち上がる）

フィガロ　（呆然として）負けた。
アントニオ　（喜んで）素晴らしい判決だ！
フィガロ　何が素晴らしい？
アントニオ　おめえがもうおれの甥っ子にならねえからさ。ほんとにまあ、ありがとうございますだ。お殿様。
廷吏　（甲高い声で）退廷、皆さん。
（人々は退場）
アントニオ　姪っ子にすっかり話してやるわい。（彼は立ち去る）

第十六景

伯爵（あちこち歩き回る）、マルスリーヌ、バルトロ、フィガロ、ブリドワゾン

マルスリーヌ　（腰を下ろし）やれ、やれ！　息がつけるわ！
フィガロ　こっちは息が詰まる。
伯爵　（傍白）とにかく、仕返しはしたぞ、せいせいするわい。
フィガロ　（傍白）いったい、あのバジールのやつ、マルスリーヌの結婚に反対するはずだったのに。どの面《つら》さげて戻る気なんだ！　（出て行こうとする伯爵に）殿様、ご退出で？

伯爵　裁判は全部済んだ。
フィガロ　（ブリドワゾンに）それもこのでぶでへちゃむくれの次席判事のおっさんが…
ブリドワゾン　わしが、で、でぶでへちゃむくれだと！
フィガロ　その通り。おれはあんな女と結婚しないぞ。はっきりと、貴族なんだから。
（伯爵立ち止まる）
バルトロ　結婚するのさ。
フィガロ　貴族の両親の承諾もなしでか？
バルトロ　名前を言ってみろ、ここに連れてこい。
フィガロ　少し時間が欲しいんだ。もうすぐ再会できるから。もう十五年も探し続けているんだ。
バルトロ　このうぬぼれが！　どこかの捨て子じゃないか！
フィガロ　迷子だよ、先生。というよりさらわれたんだ。
伯爵　（戻ってきて）さらわれたとか、迷子だとか、証拠はあるのか？　この調子ではこの男、侮辱だとわめきかねないぞ。
フィガロ　殿様、山賊どもにさらわれた時、わたしが身につけていたレースの産着や刺繍入りの敷物、金の装身具などが、たとえ高貴な生まれを示すのではないとしても、わたしの身体にはっきりしるしをつけてくれた両親の慎重な配慮が、どれほど大事にされた子供かを証明しております。そしてこの腕に記された秘密の文字は…。（右腕をまくろうとする）

マルスリーヌ　（勢いよく立ち上がり）その右腕にへらの跡が？
フィガロ　どうして知ってるんだ、それを？
マルスリーヌ　まあっ！　あの子だわ！
フィガロ　そうだよ、おれさ。
バルトロ　（マルスリーヌに）誰だね？　あの子って！
マルスリーヌ　（勢いよく）エマニュエルですよ。
バルトロ　（フィガロに）お前はジプシーたちにさらわれたのか？
フィガロ　（興奮して）とある館のすぐ傍でね。ねえ、先生、わたしを高貴な身分の両親のもとに
返してくれれば、そのお礼はお望み通りですよ。名門の両親は金に糸目をつけませんとも。
バルトロ　（マルスリーヌを指して）お前の母親だ。
フィガロ　…乳母だろう？
バルトロ　実の母親だ。
伯爵　やつの母親だと！
フィガロ　説明してくれよ。
マルスリーヌ　（バルトロを指して）お前のお父さんだよ。
フィガロ　（がっかりして）あーあ！　がっくりだなあ！
マルスリーヌ　前々から何度も虫の知らせがなかったかい、お前？

フィガロ　全然。
伯爵　（傍白）母親とはな。
ブリドワゾン　はっきりしたぞ、こ、この男はこの女と結婚しない。
バルトロ　わしだってせんぞ。
マルスリーヌ　あなたもですって！　じゃあ、この子はどうなるの？　あなたはわたしに誓ったじゃありませんか…
バルトロ　わしは馬鹿だったんだ。もしもそんな思い出に縛られるのだったら、どんな女とでも結婚しなくちゃならん。
ブリドワゾン　そ、そんなにじっくりとかまえたら、だ、誰も誰とも結婚しなくなるわい。
バルトロ　身持ちの悪さで知られたくせに！　なんとも嘆かわしい娘時代じゃないか！
マルスリーヌ　（段々と興奮してくる）ええ、嘆かわしいですとも、それも評判以上にね！　わたしは自分の過ちを否定する気はありません。今日という今日それは嫌と言うほど証明されましたからね！　でも、三十年もの間つつましく暮らしてきたあげく、その過ちの報いを受けるのは本当に辛いものよ！　わたしだって身持ちのよい女になるよう生まれついたのだし、物事をわきまえられるようになった時には実際そうだったのよ。だけど、人生に幻想は抱いても、経験はなく、あれが欲しいこれが欲しいという年頃には、貧乏にさいなまれているうちに女たらしどもに付け込まれると、集まってくる狼たちに娘ひとりでどうやって抵抗できると思うの？　今ここでわたしたち女性に厳しい裁きを下す人は、おそらくこれまでの生涯で、十人もの女性を堕落させたに違いないですわ！

フィガロ　一番罪深いやつに限って一番他人に厳しいものさ、決まってますよ。

マルスリーヌ　（勢いよく）恩知らずよりもっとひどい男の人たち、あなた方の情欲のおもちゃにされた犠牲者を、軽蔑して非難する人たち！　若い娘たちの過ちについてはあなた方こそ罰を受けるべきなのです。あなた方男性や判事の方々、私たち女性を裁く権利があるとうぬぼれている人たちは、罪深い怠慢から、女性たちが生きてゆくための誠実な方法を奪い去っているのですわ。不幸な娘たちのために、たったひとつでもまともな職業があるでしょうか？　娘たちは生まれながらにして自分の身を美しく飾る権利を持っていたのに、その分野でさえも男性の職人たちが大勢でしゃばっているのですわ。

フィガロ（憤慨して）兵隊たちにまで刺繍なんかさせるものなあ！

マルスリーヌ　（興奮して）もっと上流階級だってそうよ、女性たちが男から手に入れるのはほんのおしるしの敬意だけ、うわべの尊敬につられて実際は隷属状態、財産については未成年扱い、過ちについては一人前に扱われるんだわ！　ああ、どこから見たって、わたしたちに対するあなた方の振る舞いはおぞましいとも、情けないとも！

フィガロ　もっともだよなあ！

伯爵　（傍白）もっともすぎる！

ブリドワゾン　ほ、ほんとにもっともだわい。

マルスリーヌ　だけど、息子や、男の風上にも置けないやつに断られたからって、それが何よ？　これまでのことは顧みず、これからのことを考えなさい、人はそれだけが大事なんだよ。二、三ヶ月経てば、お前のフィアンセは自分で自分のことを決められるようになる（一三）。あの娘《こ》はお前を受け入れるとも、保証するよ。優しい女房と母親に挟まれて暮らすがいい、二人とも競ってお前を大事にするさ。二人には心を広く、お前は幸せになるんだよ。誰に対しても陽気で、自由で、親切にね。お前の母親は何ひとつ不足なしになるわ。

フィガロ　素晴らしいことを言ってくれるなあ、母さん、ご意見に従いますとも。まったく人間てのはなんと馬鹿なんだろう！　地球が回り出して無限の時が経つけれど、この長い年月の海原で、おれは偶然、取るに足らない三十年、二度と帰らぬ三十年を手に入れたが、それが誰のおかげか知ろうとして悩むところだったんだ！　そんなことは気にしたいやつがすればいいのさ。そんな風に喧嘩しいしい生涯を過ごすのは、まるで河で見かける哀れな引き船用の馬と同じで、力いっぱい首当てを押すようなものだ、立ち止まる時さえ休まず、歩くのを止めても、絶えず引っ張るんだ。待てば海路の日よりで、ゆっくり待ちましょうや。

伯爵　下らん出来事のおかげでさんざんだ！

（一三）　成年（革命以前、パリでは二五歳）に達するから。この初演はパリだったから、スペインのことは考えなくてよいだろう。

ブリドワゾン　（フィガロに）き、貴族とか館とかはどうした？　あ、あんたは法廷をだましたんだな？

フィガロ　その法廷が、おいらにとんだ馬鹿なまねをさせようとしたじゃないですか！　あのくそ忌々しい百エキュのせいで、さんざんこの人をぶちのめしかけたんですぜ、それが今じゃあ、おいらのおやじさまときた！　だが、天の神様のおかげでそんな危険を避けられたんだから、父さん、おいらの謝罪を受け入れてくださいな、…そして、母さん、おいらにキスしてください…出来るだけ母親らしくね。（マルスリーヌは彼の首に跳びつく）

第十七景

バルトロ、フィガロ、マルスリーヌ、ブリドワゾン、シュザンヌ、アントニオ、伯爵

シュザンヌ　（手に財布を持って走ってくる）お殿様、お待ちください！　この二人、結婚させないでくださいませ。奥様にいただいた持参金でこの女《ひと》に払いに参りました。

伯爵　（傍白）くそ、奥様なんぞどうでもいい！　みんながみんな、ぐるになってるようだ…

（退場）

第十八景

バルトロ、アントニオ、シュザンヌ、フィガロ、マルスリーヌ、ブリドワゾン

アントニオ　（フィガロが母親に接吻しているのを見て、シュザンヌに言う）ほう！　なるほど、払うのかい！　おやおや。

シュザンヌ　（くるりと背を向け）充分見たわ、行きましょ、伯父さん。

フィガロ　（彼女を引きとめ）いや、待った、何を見たんだ、いったい？

シュザンヌ　あたしの馬鹿さ加減とあんたの卑劣さよ。

フィガロ　どちらも見当違いだ。

シュザンヌ　（怒って）あんたがこの女と喜んで結婚することもね、そんな風に撫でてやったりして。

フィガロ　（陽気に）撫でてはいるが、結婚はしない。

（シュザンヌは出て行こうとする。フィガロは引きとめる）

シュザンヌ　（彼に平手打ちを食らわす）なんて図々しい、あたしを引きとめるなんて！

フィガロ　（みんなに）これこそ愛情ってもんだ！　出て行く前に、頼むから、ようくこの愛しい女《ひと》の顔を見ておくれ。

シュザンヌ　見てるわよ。

フィガロ　で、どう思う？
シュザンヌ　身震いするわ。
フィガロ　やきもち万歳！　手加減しませんなあ。
マルスリーヌ　（両腕を広げて）母さんにキスしてちょうだい、かわいいシュザンヌ、あんたを苛めて喜んでる悪者はわたしの息子なのよ。
シュザンヌ　（駆け寄る）あなたが、このひとのお母さん！
（二人は抱き合う）
アントニオ　じゃあ、出来立てほやほやのお袋か？
フィガロ　…知ったのはたった今さ。
マルスリーヌ　（興奮して）いえ、わたしがこの子に惹かれたのは動機が違っていただけなのよ。血が語りかけてくれたんだわ。
フィガロ　で、おいらの方は良識というやつがね、母さん、本能の代わりにあなたを拒んでいたんですよ、だって、あなたを嫌ってはいなかったし、その証拠にあの金にしても…。
マルスリーヌ　（書類を彼に渡し）お前のものだよ。証文をお取り。お前の持参金さ。
シュザンヌ　（財布を彼に投げて）こっちも取っといて。
フィガロ　ありがたや、かたじけなしだ。
マルスリーヌ　（興奮して）娘時代もずいぶん不幸だったけど、結婚しようものならこの上なく恥ずべき女になるところだった。それがこうして最高に幸せな母親になったんだもの！　さあ、キスしておくれ、二人の子供たち。お前たちには精一杯の愛情をあげます。こんな幸せ、二つとないわ。ああ、子供たち、どんなにか愛してあげようねえ！

フィガロ　（ほろりとして、元気よく）やめてよ、いいから、母さん！　やめてったら！　生まれて初めて流した涙だってのに、この目が溶けて水になれって言うのかい？　これこそうれし涙ってやつだ！　いや、おいらはなんて馬鹿なんだ！　危うく恥ずかしがるところだったぞ、指の間から流れるのがわかった、ほら見て（指を開いて見せる）、しかも阿呆みたいに我慢しようとしてたんだ！　恥ずかしさなんて、どこへでも行っちまえ！　おいらはいっぺんに泣きたくて笑いたいんだ、こんな気持ちは二度と味わえるもんか。（彼は片腕に母親、片腕にシュザンヌを抱きしめる）

マルスリーヌ　ああ、息子や！

シュザンヌ　愛しいひと！

ブリドワゾン　（ハンカチで目を拭きながら）そ、そんなら！　わしも！　や、やっぱり馬鹿というわけだ！

フィガロ　（興奮して）悲しみなんてものの数じゃあない。二人の愛しい女《ひと》に囲まれたおれさまを、悲しみが襲えるものなら襲ってみろってんだ。

アントニオ　（フィガロに）そんなにべたべたするでねえ。家族同士の婚礼にゃあ、ふた親が手を握り合って結婚するのが先だんべえ。あんたの方のふた親はちゃんとするのかね？
バルトロ　わしがだと！　こんなおかしな男のお袋と手を握り合うくらいなら、この手が干からびてもげてしまう方がましだわい！
アントニオ　（バルトロに）じゃあ、おめえさん、ひどく冷てえおやじってこった。（フィガロに）そんなわけなら、色男よ、この話はなしだ。
シュザンヌ　そんな！　伯父さん…。
アントニオ　おれっちの妹の娘を誰の子でもねえやつにくれてやると思うだか？
ブリドワゾン　そ、そんなはずなかろう、愚か者が？　だ、誰だって誰かの子供に決まっとる。
アントニオ　へへーん！　…絶対やつにはやらんからな。
（彼は出て行く）

第十九景
バルトロ、シュザンヌ、フィガロ、マルスリーヌ、ブリドワゾン

バルトロ　（フィガロに）では、今から、お前を養子にしてくれる人間を探すのだな。
（彼は出て行こうとする）
マルスリーヌ　（バルトロに走り寄り、両腕で抱きかかえるようにして連れ戻す）待って、先生、出て

行かないでちょうだい。
フィガロ　（傍白）やばいなあ、アンダルシアの馬鹿者どもが全員、束になっておいらの結婚を邪魔してくれるわ！
シュザンヌ　（バルトロに）ねえ、優しいパパ、あなたの息子ですよ。
マルスリーヌ　（バルトロに）知恵といい、才能といい、顔立ちといいそっくり。
フィガロ　（バルトロに）しかもこれまでびた一文かかってない子ですよ。
バルトロ　じゃあ、あの百エキュをわしからせしめたのは？（一四）
マルスリーヌ　（バルトロを撫でながら）私たちあなたをうんとお世話してあげますわ、パパさん！
シュザンヌ　（バルトロを撫でながら）わたしたちあなたをうんと愛してさしあげますわ、愛しいパパ！
バルトロ　（ほろりとして）パパさん！　優しいパパ！　愛しいパパ！　（ブリドワゾンを指して）これではこの先生よりわしの方がよっぽど間抜けだぞ。まるで子供のようにいいなりになって。（マルスリーヌとシュザンヌは彼にキスする）いや！　待て、まだうんとは言っとらんぞ。（彼は後ろを向いて）殿様はいったいどうなさったんだ？
フィガロ　みんなして殿様のところへ急ごう。あの方から決定的な言葉を引き出さなくちゃ。も

（一四）　前作『セビーリャの理髪師』参照。

しほかに何か企まれたら、また初めからやり直しになりかねない。

一同　急ごう、急ごう！　（彼らはバルトロを外に引っ張って行く）

第二十景

ブリドワゾン（ひとりで）

こ、この先生よりよっぽど間抜けだと！　そ、そんなことは自分に向かって言ってもいいが、

…あ、あいつらは、こ、こんなところで言うなんてまったく礼儀知らずだわい。

（彼は出て行く）

第四幕

舞台は灯のついた枝付き燭台やシャンデリア、花や花輪で飾られた回廊風の大広間、一言で言えば祝宴を開く用意ができている。舞台前面上手に文具箱を載せたテーブル、その後ろに肘掛け椅子。

第一景

フィガロ、シュザンヌ

フィガロ　（シュザンヌを抱きかかえて）どうだい、愛しいシュゾン、満足かい？　お袋が医者を口説き落としてくれたんだ、お袋のは黄金の弁舌ってやつだ！　いやいやでもあの医者はお袋と一緒になる、で、無愛想なお前の伯父貴も轡《くつわ》をはめられたんだ。かんかんなのは殿様だけさ、だってそうだろう、おれたちの結婚はお袋たちの結婚のいわばご褒美になるんだから。このハッピーエンドにちっとは笑ったらどうだい。

シュザンヌ　あんただって、今までこんな奇妙な結末、見たことないでしょ？

フィガロ　奇妙というより愉快な結末だよ。おれたちは伯爵閣下から持参金をむしり取ろうとしただけなのに、この通り、別口から二つも手に入ったんだ。お前はしつこいライヴァルにさんざん付きまとわれ、このおれもひどい性悪女に悩まされてたんだ！　それがどうだ、おれたちにとっちゃあとんでもなくいいお袋さんに変わったんだぜ。昨日までのおれはこの世でひとりぼっちだったが、今じゃあふた親がばっちり揃ったんだ。確かに、これまでおれが口からでまかせに飾り立てた豪勢な親じゃあないが、おれたちみたいに金持ちの見栄と無縁の人間にはまずまずいい両親だぜ。

シュザンヌ　でもさ、あんたがいろいろ手配りして、あたしたちが望んでいたことは、残念だけど起きなかったじゃない！

フィガロ　おれたちみんなよりも運の方がずっとうまくやってくれたのさ、シュゾン。世の中ってのはこうしたものさ。一方でおれたちが働きかけ、計画し、お膳立てする、するともう一方で運が仕上げてくれるってわけだ。地球を丸呑みにしたいがつがつした征服者から、飼い犬に導かれるがままの心静かな盲人に至るまで、誰も彼もが運命の気まぐれに振り回されてるんだ。しかも、犬に引かれる盲人の方が、取り巻きに囲まれたもうひとりの盲人よりよっぽど正しく導かれ、間違いなく目的に向かっているものさ。——それから、みんなが愛の神と呼んでいるこのいとおしい盲人㈡については…（彼はシュザンヌを優しく抱き寄せる）。

シュザンヌ　ああ！　あたしに大切なのは、それだけよ！
フィガロ　では、おいらがフォリーの女神役（二）をつとめ、愛の神をお前のきれいでかわいらしい戸口まで案内する犬になってやるさ、そしておれたちはいつまでも一緒にいるんだ！
シュザンヌ　（笑って）愛の神とあんたが？
フィガロ　おいらと愛の神さ。
シュザンヌ　では他にねぐらなんか求めないわね？
フィガロ　もしもおれがそんなところでお前に現場を押さえられるようなら、お前のところに女好きの連中が何百万押し寄せてもかまわん…
シュザンヌ　大げさなこと言わないの。本当のところを聞かせて。
フィガロ　本当も本当、これ以上はないほどの本当さ！
シュザンヌ　嫌だわ、悪い人！　そんないくつも本当があるの？
フィガロ　ああ！　あるともさ。昔犯した馬鹿げた振る舞いも時が経てば分別になる、これまた昔ついたかなりいい加減なつまらん嘘が大きな大きな本当になったりするんだとみんなが気付いて以来、本当の中にもいろいろな本当がたくさんあるって話になったんだ。知ってはい

（一）　神話によれば、愛の神はフォリーの女神によって盲目にされる。
（二）　フォリーの女神は愛の神を盲目にした後、その導き役となる。

るが口に出さない本当、なぜって本当なら何を言ってもいいわけじゃあない。自慢はするがちっとも信じてない本当、なぜって本当なら何を信じてもいいってわけじゃあない。それからのぼせ上がった恋の誓い、母親のこけおどし、のんべえの誓言、お偉方の約束、商人の言う掛け値なしの値段、あげればどれもきりがない。シュゾンへのおいらの恋心だけがどこに出しても恥ずかしくない真実そのものさ。

シュザンヌ　あんたのその喜びよう、大好きよ。だってほんとに桁外れなんですもの。あんたが幸せだって証拠よ。では、伯爵との逢引の話をしましょう。

フィガロ　いや、もうその話はよそうや。すんでのことにシュザンヌを代償として差し出しかねなかったんだ。

シュザンヌ　じゃあ、もうやめにするの、あれは？

フィガロ　おいらを本当に愛してくれるなら、シュゾン、名誉にかけて誓ってくれ、奴さん待ちぼうけを食えばいいんだ、それが天罰さ。

シュザンヌ　こんな約束、破る方が守るよりよほど楽よ。もう問題じゃないわ。

フィガロ　お前の本当の気持ちだな？

シュザンヌ　あたしはあんた方学者さんとは違うから、本当の気持ちはひとつだけ。

フィガロ　じゃあ、少しはおいらを愛してくれるのかい？

シュザンヌ　うんとよ。

フィガロ　それじゃあ足らん。
シュザンヌ　またどうして？
フィガロ　恋心ってものはさ、いいかい、多すぎてもまだ足りないんだ。
シュザンヌ　そんな細かすぎることはあたしわからない、でも、あたしが愛するのはご亭主だけ。
フィガロ　その言葉、しっかり守ってくれな。そうすりゃお前は世間の習慣とはかけ離れた例外になるよ。
（彼は彼女にキスしようとする）

第二景
フィガロ、シュザンヌ、伯爵夫人

伯爵夫人　ああ、やっぱり私の言った通りだった。どこにいようがあの二人は一緒に決まってるわって。さあ、さあ、フィガロ、水入らずを勝手に楽しんでいると、あなたの未来も、結婚も、あなた自身もだめになりかねないわよ。皆があなたを待っています、待ちくたびれているわ。
フィガロ　さようでございました。奥様、うっかりしておりました。謝ってまいります。（彼はシュザンヌを連れて行こうとする）

伯爵夫人　(シュザンヌを引きとめて)この人は後から行くから。

第三景

シュザンヌ、伯爵夫人

伯爵夫人　着替えに必要なものは持っているの、お前?
シュザンヌ　何も必要ございません、奥様。逢引はいたしません。
伯爵夫人　あら!　気が変わったの?
シュザンヌ　フィガロの方がでございます。
伯爵夫人　あなた、わたしをだますのね。
シュザンヌ　まさか、そんな!
伯爵夫人　フィガロは持参金をみすみす取り逃がすような男ではないわ。
シュザンヌ　まあ!　奥様!　ではなんとお考えで?
伯爵夫人　結局、伯爵と話がついて、今となってはわたしに計画を打ち明けたのを悔やんでいるのね。あなたのことは全部わかっているわ。放っといてちょうだい。(出て行こうとする)
シュザンヌ　(ひざまずいて)なにとぞ、奥様はわたしたちみんなの希望でございます!　このシュザンヌに奥様はどんなにむごいことをなさっておいでかおわかりではございません。いつもよくしてくださった上、持参金までお授けくださいましたのに！…

伯爵夫人　（シュザンヌを引き起こし）ああ、わたし、ほんとに…なんてことを口走ったのでしょう！　お前の代わりに庭へ行く役を私に譲ってくれたのだから、お前は行かないでいいのよ。それでお前は夫との約束は守るし、わたしが夫の心を連れ戻すのを助けてくれる。

シュザンヌ　奥様、私、本当に辛かったのです！

伯爵夫人　わたしはなんて軽率だったのだろう。（シュザンヌの額にキスする）逢引の場所はどこなの？

シュザンヌ　（夫人の手にキスし）お庭という言葉だけが耳に入りました。

伯爵夫人　（テーブルを指して）そのペンを取ってちょうだい、場所を決めましょう。

シュザンヌ　あのお方に手紙を！

伯爵夫人　そうしないと。

シュザンヌ　奥様！　せめてあなた様が…。

伯爵夫人　責任はすべてわたしが取るわ。（シュザンヌは腰を下ろし、夫人は口述する）

《新作の歌、メロディーに乗せて：…今宵、空晴れ渡り、大きなマロニエの木々のもとで…今宵、空晴れ渡り…》(三)

(三)　モーツァルトのオペラでは三幕第十景の伯爵夫人とスザンナの珠玉のデュエット「風に寄せる歌」となる。

シュザンヌ（書く）《大きなマロニエの木々のもとで…》それから？

伯爵夫人　それであの人がわからないと思って？

シュザンヌ（読み返してみて）本当に。（手紙をたたむ）封には何を使いますか？

伯爵夫人　ピンがいいわ。急いでね！　返事の代わりになるわ。裏に書いて《この封印はお返しくださいませ》。

シュザンヌ（笑いながら書く）まあ、封印ですわね！　これは、奥様、辞令の封印よりずっと面白いと思いますわ。

伯爵夫人（思い出して辛そうに）そうね！

シュザンヌ（身につけていないか探して）今、ピンを持っておりません。

伯爵夫人（ガウンのピンをはずして）これをお使い。（小姓のリボンが懐から下に落ちる）まあ！　わたしのリボン！

シュザンヌ（リボンを拾い）あのちび泥棒さんのですね！　可哀想にお取り上げに？…

伯爵夫人　あの子の腕に残してやるべきだったとでも？　そんなことしたら大変だったでしょうよ！　いいからちょうだい！

シュザンヌ　奥様はもうお持ちになることございませんわ。あの若者の血で汚れております。

伯爵夫人（リボンを取り返して）ファンシェットにはぴったり。あの娘《こ》が最初に花束を持って来たら…。

第四景

若い羊飼いの娘、シェリュバン（娘に変装）、ファンシェット、彼女と同じ服装をして手に花束を持った大勢の若い娘、伯爵夫人、シュザンヌ

ファンシェット　奥様、奥様に花を捧げようと参りました村の娘たちでございます。

伯爵夫人（急いでリボンを握り締めて）かわいい人たちね。あなた方のうちでまだ顔を知らない人がいるのは残念だわ。（シェリュバンを指して）とてもつつましくしているその愛らしい娘《こ》は誰かしら？

羊飼いの娘　私の従姉でございます、奥様、ここに参りましたのは婚礼のためでございます。

伯爵夫人　きれいな娘《こ》だこと。二十人もの人から花束をいっぺんには受け取れないから、わざわざよそから来たこの娘さんのをいただくことにしましょうね。（シェリュバンの花束をもらい、その額にキスする）まあ、赤くなって！（シュザンヌに）ねえ、シュゾン、この人誰かに似ていると思わない？

シュザンヌ　ほんとに、間違えるほどですわ。

シェリュバン（傍白、両手を胸に当てて）ああ！　このキスこそ僕には高嶺の花だったんだ！

第五景

若い娘たち、シェリュバン（彼女たちの真ん中に）、ファンシェット、アントニオ、伯爵、伯爵夫人、シュザンヌ

アントニオ　あっしは、はい、申し上げますだ、お殿様、やつはここにおります。娘っこたち、やつに娘の部屋で服を着せておりました。やつの着てた服はまだあすこにありますだ。で、これがやつの制帽で、あっしが包みから引っ張り出してまいりました。（彼は前に出て、娘たち全員を眺めてシェリュバンを見つけ、彼の被っているボンネットを取り去ると、兵士用に編んだ髪が垂れ下がる。彼はシェリュバンに制帽を被せて言う）ほうら！　どうでがす、おれっちの将校でしょうが。

伯爵夫人　（後ずさりして）まあ、なんという！

シュザンヌ　このいたずらっ子が！

アントニオ　上で申し上げたでがしょう、やつですって！

伯爵　（怒って）さあ、どういうことかね、お前？

伯爵夫人　だって、あなた！　わたしはあなたよりもっとびっくりしておりますわ、それに、少なくともあなたと同じくらい怒っていますわ。

伯爵　なるほど、だが、さっきのこと、今朝の件は？

伯爵夫人　確かに、これ以上隠していては罪になりますわ。この子はわたしの部屋に来ておりました。わたしたち、ちょうどこの娘たちが今しがたこの子にやりましたような罪のない冗談ごとを始めておりました。あなたが急においでになった時、着せ替えの最中でした。あなたは初めすごい剣幕でしたもの！　この子は逃げ出し、わたしもすっかりあわててしまい、みんな震え上がったあげく、あんなことになったのですわ。
伯爵　（口惜しげにシェリュバンに向かい）なにゆえ、きちんと出発しなかったのだ？
シェリュバン　（いきなり帽子を取って）殿様…
伯爵　命令不服従で罰するぞ。
ファンシェット　（考えなしに）ああ！　お殿様、お聞きください！　お殿様はわたしにキスなさるたびに、いつもこうおっしゃいますよね、「もしわしを好きになってくれたら、かわいいファンシェットや、お前の好きなものをあげるからね」って。
伯爵　（赤くなって）わしが！　そんなこと言ったかね？
ファンシェット　はい、お殿様。シェリュバンを罰される代わりに、わたしと結婚させてくださいませ、そうしたらそれこそいっぱいお殿様を愛してさしあげますわ。
伯爵　（傍白）小姓なんぞにたぶらかされたのか！
伯爵夫人　さあ、あなた、今度はあなたの番ですわね！　この娘の打ち明け話はわたしのと同様罪のないものですけれど、二つの真実を示しておりますわ。つまり、わたしがあなたに心配をおかけするとしてもいつもそんな気持ちは毛頭ございませんのに、一方あなたはと言えば、あらゆる手を尽くしてわたしの心配を増やし、その上、その心配に立派な理由があるということですわ。

アントニオ　あなた様もでがすか、殿様？　こいつは驚いただ！　死んだこの娘《こ》の母親と同じように、しっかり根性を叩き直してやるべえ…今すぐその結果がどうのこうのと言うんじゃねえが、奥様もようくご承知だあ、小娘どもってのは、大きくなるとすぐ…

伯爵　（面食らって、傍白）ここにはどうも疫病神がいるらしい、みんながわしを攻め立てるわい！

第六景

若い娘たち、シェリュバン、アントニオ、フィガロ、伯爵、伯爵夫人、シュザンヌ

フィガロ　殿様、娘たちをここに留め置かれますと、お祭りもダンスも始められません。

伯爵　お前が、ダンスだと！　それはないだろう。今朝がた、上から落ちて右足をくじいたくせに！

フィガロ　（足を動かし）まだ少々痛うございますが、なに、大丈夫です。（若い娘たちに）さあ、きれいなお嬢さんがた、行こうや。

伯爵　（フィガロを振り向かせ）苗床がいかにも柔らかな土でお前はついておったな！

フィガロ　間違いなく、ついておりました。さもなければ…

アントニオ　（彼を振り向かせ）それから、下まで落ちる時にゃあ、身体を丸めたもんなあ。

フィガロ　もっと器用なやつなら、空中に浮かんだままだろうってのか？（若い娘たちに）お嬢さんたち、来るかね？

アントニオ　（彼を振り向かせ）で、その間中、小姓のやつはセビーリャに馬を飛ばしてたんかい？

フィガロ　飛ばしてたか、並足だったかそんなこと…

伯爵　（彼を振り向かせ）で、お前はやつの辞令をポケットに入れてたわけか？

フィガロ　（いささか驚いて）その通りで。でもまあなんというお調べで？（若い娘たちに）さあ、行こうや、娘さんたち！

アントニオ　（シェリュバンの腕を引っ張って）ここにひとり、もうすぐおらの甥になるやつは大嘘つきだっていう娘がいるだ。

フィガロ　（びっくりして）シェリュバン！…（傍白）糞っ、間抜けのちびめ！

アントニオ　これでわかっただか？

フィガロ　（言いぬけようと考えながら）わかった…わかった…おい！　こいつは何をがたがた抜かしてるんだ？

伯爵　（素っ気無く）がたがた抜かしとるんじゃない。小姓のやつがニオイアラセイトウの上に跳び下りたと言っとるんだ。

フィガロ　（あれこれ考えながら）ああ！　そう言っておるんでしたら…そうなんでしょう。わたしは自分の知らんことはどうこう申しません。
伯爵　では、お前もやつも跳び下りただと…？
フィガロ　いけませんか？　跳び下り熱ってのは伝染するんです。パニュルジュの羊（四）の例がありますでしょう。それに殿様がお怒りの時には、誰しも思い切って跳びおりた方がましだと思いますんで…。
伯爵　なんだと！　二人一緒にだぞ？
フィガロ　二ダースだって跳び下りましたでしょうとも。それに、殿様、誰ひとり傷ついてないのですから、どうということはございますまい？　（若い娘たちに）さあ！　さあ！　みんな、来るのか、来ないのかい？
伯爵　（憤慨して）悪ふざけもいいところじゃないか？
（ブラスバンドによる前奏曲が聞こえてくる）
フィガロ　ほら、行進の合図だ。それぞれ位置についとくれ、美人さんがた！　位置について！　さあ、シュザンヌ、腕をどうぞだ。
（皆が逃げるように退場、シェリュバンひとり、頭を垂れて残る）

第七景

シェリュバン、伯爵、伯爵夫人

伯爵　（フィガロが去るのを見ながら）あれほどあつかましい男がいるだろうか？　（小姓に）さて今度は、腹の黒い君だ、いかにも恥じ入った振りをしとるが、すぐに行って着替えるがいい、今夜の催しではわしの目に絶対触れてはならんぞ。

伯爵夫人　それではきっと退屈するでしょうに！

シェリュバン　（深い考えもなく）退屈ですって！　私は額に百年以上の牢屋暮らしにも耐えられる幸せをいただいております。

（彼は帽子を被り、逃げるように去る）

（四）　ラブレー『第四の書』の第八章にある有名なエピソード。航海中、あこぎな羊商人に怒ったパニュルジュが彼から一匹の羊を買い、その羊を海に投ずると、他のすべての羊もその後を追って海に飛び込み、溺れ、商人は大損する。

第八景

伯爵、伯爵夫人

（伯爵夫人は黙ってやたらに扇を使う）

伯爵　そんな幸せなものを額にってやつはいったい何を持っているのかね？

伯爵夫人　（困って）あの子の…将校として最初に被る制帽のことでしょう、きっと。子供にはなんでもいいおもちゃですわ。（彼女は出て行こうとする）

伯爵　われわれのためにここにいてくれないのかね、伯爵夫人？

伯爵夫人　わたしの具合が優れないことはご承知でしょう。

伯爵　お前が目をかけている娘のためにしばらくいたらどうかね、さもないとわしはお前が怒っているのだと思いかねないがな。

伯爵夫人　ほら、二組の婚礼ですわ。腰掛けて彼らを迎えてやりましょう。

伯爵　（傍白）婚礼か！　妨げることができないなら我慢するしかあるまい。

（伯爵と伯爵夫人は広間の一方に行って腰掛ける）

第九景

伯爵、伯爵夫人（腰掛けている）

行進曲のテンポでスペイン風フォリーア（五）が演奏される。（シンフォニーの楽譜付き）

密猟監視人　（鉄砲を肩に担ぐ）
警官、判事たち、ブリドワゾン
農民の男女　（祭り衣装に着飾って）
二人の若い娘　（白い羽飾り付きの花嫁帽を持つ）
他の二人　（白いヴェールを持つ）
他の二人　（手袋と脇に花束を持つ）
アントニオ　（シュザンヌをフィガロに嫁がせる親代わりに、彼女に手を貸している）
他の若い娘たち　（前記と同様の花嫁帽、ヴェール、白い花束を、マルスリーヌのために持つ）
フィガロ　（医師バルトロにマルスリーヌを渡す役として彼女に手を貸している）
バルトロ　（行進の最後をつとめ、脇に大きな花束を持つ）

若い娘たちは伯爵の前を通りながらシュザンヌとフィガロのための服飾品、装身具などすべてを従僕たちに手渡す。

（五）　フォリーアはチャコーナやサラバンダなどと並び、一六〜一七世紀スペインの代表的舞踊

農民の男女は広間の各々の側に二列ずつに並び、カスタネットを持ってファンダンゴ（六）を繰り返し踊る。それからリトルネロ（七）を二重奏で演奏するが、その間にアントニオはシュザンヌを伯爵のところにいざなう。シュザンヌは伯爵の前にひざまずく。

伯爵が彼女に花嫁帽を被せ、ヴェールをかけ、花束を与える間、二人の若い娘が次の二重唱を歌う（曲付き）：

花嫁よ、そなたを悩ますかの権利を捨てし
主《あるじ》の恩義と栄光を讃えたまえ。
快楽よりも無上の気高き勝利を愛し、
主《あるじ》は清らかで無垢なそなたを新郎の手に託す。

シュザンヌはひざまずき、二重唱の最後の詩句が歌われている間に、伯爵のコートを引っ張り、手にした手紙を見せる。ついで彼女は客席側の手を頭に持って行き、伯爵が花嫁の帽子を直してやると、手紙を彼に渡す。

伯爵は手紙を懐にそっと忍び込ませる。二重唱が終わる。花嫁は立ち上がり、伯爵に丁寧なお辞儀をする。

フィガロは伯爵の手から花嫁を受け取り、彼女と一緒に広間の片隅、マルスリーヌの傍らに引っ込む。

（この間、皆はファンダンゴを繰り返して踊る）

伯爵は受け取った手紙に急いで目を通そうと、舞台の端に進み、懐から取り出す。しかし、取り出す時に、指をひどく刺してしまった仕草をする。彼は指を振ったり、押したり、しゃぶったりする。そしてピンで封をした手紙を見て、言う。

伯爵　（彼とフィガロがしゃべる間、オーケストラはピアニシモで演奏する）女ってのはどうにもならん、どこにでもピンを使いおって！　（ピンを投げ捨て、手紙を読むとそれにキスする）

フィガロ　（すべてを見ていた彼は、母とシュザンヌに）どこかの娘っこが通りすがりにあの人の手に忍び込ませたラヴレターだよ。ピンで封がしてあったんでひどく刺しちまったんだ。

（ダンスがまた始まる。伯爵は手紙を読むと裏返す。そこに返事として封のピンを返すように書かれているのを読む。彼は地面を探し、やっとピンを見つけて袖口に留める）

フィガロ　（シュザンヌとマルスリーヌに）愛人からのものはなんでも大切さ。ほら、ピンを拾った。まったく、頭のおかしなおっさんだ。

（この間にシュザンヌは伯爵夫人と了解の合図をする。ダンスが終わる。リトルネロの二重奏がまた始まる。フィガロはシュザンヌの時と同じように、マルスリーヌを伯爵のもとに連れて行く。伯爵が花嫁の帽子を取り、二重唱が始まろうとした時に、次の叫び声で中断する）

（六）　スペインの民族舞踊、カスタネットでリズムを取る。

（七）　歌曲や舞曲の前後に反復される器楽部。

廷吏　（ドアのところで叫ぶ）待ちなさいったら、あなた方！　みんな一緒には入れませんぞ…警備員！　こっちだ、警備員！
（警備員たちがドアに急ぐ）
伯爵　（立ち上がり）何事だ？
廷吏　殿様、バジール氏が村じゅうの人間に囲まれて来ました、歩きながら歌を歌っておりましたので。
伯爵　彼ひとりを通すがいい。
伯爵夫人　もう下がっていいでしょう、わたし。
伯爵　お前の心遣いには感謝するよ。
伯爵夫人　シュザンヌや！　…すぐ戻してあげるわ（八）。（シュザンヌにしか聞こえないように）さあ、服を変えに行きましょう。（シュザンヌと出て行く）
マルスリーヌ　あの人はいつだってぶち壊しにしか来ないのよ。
フィガロ　なんの！　おいらが母さんのためにあいつの口をふさいであげますよ。

第十景

伯爵夫人とシュザンヌを除く前景の人物たち、バジール（自分のギターを持つ）、グリップ＝ソレイユ

バジール　（終幕のヴォードヴィルの節で歌いながら入ってくる。曲付き）
心優しく、貞節で、
浮気心を咎める皆さん、
激しい恨みを捨てなさい。
心変わりは罪ですか？
愛の神には翼があって、
飛び移るのが当たり前。
愛の神には翼があって、
飛び移るのが当たり前。

フィガロ　（バジールの方に進み出て）そうさ、まさしくそのためにこそ愛の神は背中に翼がついてるんだ。お前さん、どう言うつもりでそんな歌を歌うんだね？

バジール　（グリップ=ソレイユを指して）お殿様の客人のこの方を楽しませてわしの忠誠を証明してから、今度はわしがお裁きをお願いするつもりだからさ。

グリップ=ソレイユ　いんや、お殿様、全然面白くなかったでごぜえます、こんな人たちのつまらん小唄なんぞ…。

（八）　フィガロに向かって言う。

伯爵　要するに何が望みなのだ、バジール？
バジール　私のものを、お殿様、つまりマルスリーヌをで。ですからこうして異議申し立てを願い出ようと…
フィガロ　（近づいて）もう長い間あなたってお人はいかれぽんちの顔を見てないでしょう？
バジール　いえ、あなた、今この瞬間に見ておりますよ。
フィガロ　おいらの目があんたには立派に鏡の役を果たしてる以上、おいらの言葉の効き目をしっかりこの目から読み取ってくださいよ。もしあんたが少しでもこちらのご婦人に近づこうなんて振りをしたら…
バルトロ　（笑って）おいおい！　なぜだね？　しゃべらせてやりなさい。
ブリドワゾン　（二人の間に進み出て）ど、どうして友達同士なのに…？
フィガロ　おれたちが、友達ですって！
バジール　冗談じゃない！
フィガロ　（すぐさま）この男が聖歌隊用の下らん歌を作るからで？
バジール　（すぐさま）で、こいつがいかれた新聞記事みたいにへっぽこな詩を作るからで？
フィガロ　（すぐさま）安酒場の音楽師が！
バジール　（すぐさま）ぶん屋くずれの御者め（九）！
フィガロ　（すぐさま）知ったかぶりのオラトリオ作りめ！

バジール　（すぐさま）外交文書の使い走りめ！
伯爵　（腰掛けたまま）二人とも無礼だろう！
バジール　いつでも無礼なやつでございます。
フィガロ　その通りと言いたいが、あんたに対しては無礼とならんのだ！
バジール　そこらじゅうで私を馬鹿だ馬鹿と言いふらします。
フィガロ　では、おいらをこだまだとでも思ってるのかい？
バジール　楽才ある私に指導を受けた歌手ならひとりとして評判にならなかった者はおりません。
フィガロ　調子っぱずれの評判だろうが。
バジール　また言うか！
フィガロ　ほんとのことなら、繰り返して悪いはずなかろう？　お前さんが王侯貴族で、こちらがお追従たらたら言わなきゃいかんとでも？　真実を受け入れろ、悪党め、嘘つきに払ってやる金もないくせに。それとも、おれたちの口にする真実が怖いんなら、いったいなぜおれ

（九）　五幕第三景のフィガロの長台詞にあるようにかつて彼はジャーナリストを目指したことがある。また、「御者」は伯爵から外交文書の伝令役に指名されていることから、このようなバジールの悪口が出てくる。

たちの婚礼を邪魔しに来たんだ？

バジール　（マルスリーヌに）あんたはこのわしに約束したろう、違うか、もし四年後も縁付いてなかったら、誰より先にわしに嫁ぎたいって？

マルスリーヌ　あたしはどんな条件をつけましたっけ？

バジール　もし行方不明の息子を見つけ出したら、わしが喜んで養子にしてやるってね。

一同揃って　息子は見つかったよ。

バジール　一向にかまわん！

一同揃って　（フィガロを指して）これがそうだよ。

バジール　（ぎょっとして後ずさりしながら）こんな悪魔が！

ブリドワゾン　（バジールに）では、お、お前さんもこいつの母親じゃあ、あ、あきらめるかね？

バジール　こんなやくざ者の父親と思われるなんて、たまったもんじゃない。

フィガロ　こんなやつの息子と思われるなんて、馬鹿にしないでくれ！

バジール　（フィガロを指して）この男がここでいっぱしの顔だという以上、わしは、はっきり言う、ここにはもはや何ひとつ用はない。（退場）

第十一景

バジールを除く前景の人物たち

バルトロ　（笑う）あっはっはっはっ！
フィガロ　（喜びに躍り上がって）これで、やっと、女房がもらえる！
伯爵　（傍白）わしは女が手に入る。（立ち上がる）
ブリドワゾン　（マルスリーヌに）これで、み、みんな満足だ。
伯爵　結婚契約書を二通作るがよい。署名しよう。
一同揃って　万歳！　（退場）
伯爵　わしもしばらく下がるとしようか。（他の者たちと一緒に退場しようとする）

第十二景

グリップ=ソレイユ、フィガロ、マルスリーヌ、伯爵

グリップ=ソレイユ　（フィガロに）じゃあ、おいらは花火の支度を手伝いに行って来るだ、大きなマロニエの下にって言いつかったっけ。
伯爵　（駆け戻って）どこの間抜けがそんな言いつけをした？
フィガロ　どこがまずいのでございますか？
伯爵　（きつい口調で）伯爵夫人は気分が優れないのだぞ。どこから花火が見られる？　築山の上、ちょうど、あれの部屋のまん前にしなければ。

フィガロ　わかったか、グリップ＝ソレイユ？　築山だ。
伯爵　大きなマロニエの下だって！　なんたるアイデアだ！　（立ち去りながら、傍白）わしの逢引が火だるまにされるところだった。

第十三景
フィガロ、マルスリーヌ

フィガロ　いやにまた奥様に気を遣ってるなあ！　（出て行こうとする）
マルスリーヌ　（彼を引きとめて）ちょっとだけ、いいかい、お前。この際、きっちりお前に謝っておきたいんだよ。わたしの勘違いから、お前のかわいい奥さんにひどい仕打ちをしてしまったね、実は伯爵とあの娘《こ》は合意の上だと思ってたんだよ、バジールのやつに、伯爵はいつもはねつけられてるって聞いてたけど。
フィガロ　母さんは自分の息子がよくわかってないんですよ、女たちがどんな気まぐれを言おうがそれにぐらつくようなおいらじゃありません。どんな悪賢い女にだってだまされはしませんよ。
マルスリーヌ　そう思うのはいつだって幸せなことだよ、倅《せがれ》や。でもね、嫉妬っていうのは…。
フィガロ　うぬぼれから生まれる馬鹿息子でしかありませんよ、さもなきゃ頭のいかれたやつの病でさあ。そう！　その点については、母さん、おいらはひとつの哲学…それも揺るぎのないやつを持ってますからね。もしシュザンヌがいつかおいらをだますようなことがあっても、おいらは先手を打って許してやりますよ。あいつはよほど骨を折った末でなくちゃあ、おいらに…。

（彼は振り返り、ファンシェットがあちこちと探しているのに気付く）

第十四景

フィガロ、ファンシェット、マルスリーヌ

フィガロ　おい、ちょっと！　かわいい従妹《いとこ》が立ち聞きかい！

ファンシェット　まあ、違うわ、そんなこと悪いに決まってるでしょ。

フィガロ　その通りだ。だがなかなか役に立つんでな、悪くても役に立つならいいやってことがざらにあるのさ。

ファンシェット　あたし、誰かさんが来てないか探してたの。

フィガロ　もうごまかしおって、いたずらっ子が！　あいつがここにはいないってよく知ってるくせに。

ファンシェット　じゃあ、誰なのよ？

フィガロ　シェリュバンさ。
ファンシェット　あの人じゃないわ、あたしが探してるのは。あの人ならどこにいるかちゃんと知ってるもの。従姉のシュザンヌよ。
フィガロ　シュザンヌにどんな用だね、かわいい従妹は？
ファンシェット　あなたになら、フィガロ兄さん、言ってあげる。それはね…ピンを一本返したいだけなんだけど。
フィガロ　（激しく）ピン一本！　ピン一本だと！…誰からだ、このすれっからしめ？　お前の歳でもうそんな使いを…（気を取り直し、口調を優しく変えて）いや、したいことはなんでももうきちんとやるんだなあ、ファンシェット。おいらのかわいい従妹はほんとに親切だから…
ファンシェット　いったい誰のことをこんなに怒ってるのかしら？　あたし、行くわよ。
フィガロ　（引きとめて）いや、いや、冗談さ。なあ、その小さいピンてのは殿様があんたにシュザンヌに返してくれって渡したやつだろう、ほら、殿様が手にしてた紙切れの封に使われていたやつだ。おれがちゃんと知っているって、わかったろう。
ファンシェット　じゃあ、なんでいちいち尋ねるのよ、そんなによくわかってるんだったら？
フィガロ　（考えつつ）あんたにご用を頼む時に殿様がどんな風になさったか知るのは楽しいからさ。
ファンシェット　（無邪気に）あなたが言った通りよ。「さあ、かわいいファンシェットや、このピンをお前のきれいな従姉に返しておくれ、そしてこれは大きなマロニエの封印ですよ、とだけ言えばよい」だって。

フィガロ　大きな？……

ファンシェット　マロニエよ。付け加えてこうもおっしゃったわ、「誰にも見られないよう気をつけて…」って。

フィガロ　言いつけ通りにするんだよ、ファンシェット。幸い誰にも見られていないしな。だから、きちんとご用を果たしなさい、そしてシュザンヌには殿様の言いつけ以上のことは言うんじゃないぜ。

ファンシェット　どうしてあたしが言うなんて思うの？　私を子供扱いしてるんだわ、フィガロ兄さんは。

（彼女はスキップしながら退場）

第十五景

フィガロ、マルスリーヌ

フィガロ　これは！　どういうことだろう、母さん？

マルスリーヌ　これは！　どういうことだろう、せがれや？

フィガロ　（息がつまったように）こいつは！…何か必ず訳があるな…

マルスリーヌ　訳があるったって！　ねえ！　何があるの？

フィガロ　（両手を胸に当てて）今しがた聞いたことが、母さん、ここに鉛のようにつかえてるんだ。

マルスリーヌ　（笑って）自信満々だったその心は、じゃあ、膨らんだ風船だったのかい？　ピン一本でぱちんと割れちゃったんだね！

フィガロ　（怒気を含んで）だってそのピンは、母さん、あの男が拾ったやつですよ！…

マルスリーヌ　（フィガロの言った言葉を思い出して）「嫉妬ですって！　そう！　その点については、母さん、おいらひとつの哲学…それも揺るぎのないやつを持ってますからね。もしシュザンヌがいつかおいらをだますことがあっても、おいらは先手を打って許してやりますよ…」

フィガロ　（激しく）いや！　母さん、人ってのは思った通りをしゃべるんです。どんなに冷静沈着な裁判官だって自分自身の事件を弁護させてご覧なさいよ。法律の解釈をどうやってのけるかわかるでしょう！　あの花火の件であの男があんなに不機嫌になったって、もう驚きませんよ。で、あのきれいなピンをつけたかわい子ちゃんの件ですが、母さん、マロニエがどうこう言ってますが、まだ自分で思うほどのところまでは行ってませんとも！　結婚した以上はおいらの怒りが正当化されるとしても、じゃあ、別の女を嫁にしてあいつを捨てるほどかって言うとまだそれほどちゃんと結婚してるわけでもないし…

マルスリーヌ　よくまあ、そこまで言うわね！　疑いひとつで全部をめちゃくちゃにする気なのね。いいかい、あの娘《こ》が操ってるのは伯爵でなくてお前だなんてどこの誰が証明したの？　再審なしで断罪するほどお前は改めてあの娘《こ》のことを調べてみたのかい？　あの娘が木の下に行くかどうか知ってるの？　どういうつもりで行くのか、どういうことを言うのか、何をするのか、知ってるの？　判断力にかけてはもっとお前はちゃんとしていると思っていたのに！

フィガロ　（感激してマルスリーヌの手にキスし）その通り、母さん、その通りだよ、もっともだ、ほんとにもっともだ！　とにかく、自然に任せましょう。その方が後になってからいいに決まってます。非難したり、行動したりする前に、実際、よく調べましょう。逢引の場所がどこかわかってますから、さよなら、母さん。

（彼は出て行く）

第十六景

マルスリーヌ　（ひとり）

マルスリーヌ　さよなら。そう、あたしだってどこだか知ってるわよ。とにかくせがれを止めてから、シュザンヌのやり方をじっくり見るとしましょう、いえ、それより教えてあげた方がいいかもね。ほんとにかわいい娘だわ！　ああ！　あたしたち女同士、個人的な利害から互いに角突き合いしなければ、誰もが、虐げられたあたしたち哀れな女性を連中から守れるのにねえ、…あの偉そうにした、恐ろしい…（笑って）それでいて少々おめでたい男の連中から。

（退場）

第五幕

舞台は庭園の中のマロニエの並木に囲まれた空間、二つのあずまやかキオスク、あるいは庭園中の礼拝所のようなものが左右にある。舞台奥にはきれいに手入れされた空き地、舞台前面は芝地。舞台は暗い。

第一景

ファンシェット（ひとり、片手に二枚のビスケットとオレンジ一個、もう一方の手には火を灯した提灯《ちょうちん》）

左側のあずまやだって言ったわね。こっちだわ。もし今になって彼がこなかったら！　あたしの役は…調理場のいやな連中ったら、あたしにオレンジひとつ、ビスケット二枚すらくれようとしないんだもの！　――「誰にあげるの、お嬢ちゃん？」――「それはね、誰かさんにあげるのよ。」――「ははん、わかってるさ。」なんて言うんだもの。たとえそうだとしてもねえ？　お殿様が彼の顔なんか見たくないとおっしゃるからって、彼が飢え死にしなくちゃならないの？　おかげで、これだけもらうのにほっぺたへおおっぴらにキスされちゃった！　…でも、わからないわよ？　彼がキスを返してくれるかもしれない。（彼女はフィガロが自分を見分けようと近づいてくるのを見て、叫び声をあげる）あっ！…

（彼女は逃げ出し、自分の左手にあるあずまやに入る）

第二景

フィガロ（肩に大きなコートをかけ、縁の下がった幅広の帽子）、バジール、アントニオ、バルトロ、ブリドワゾン、グリップ＝ソレイユ、従僕たちと農夫たちの群

フィガロ　（最初はひとりで）ファンシェットだ！　（他の男たちが次々にやって来るのを見渡し、荒っぽい口調で）やあ、みんな、今晩は。全員揃ったか？

バジール　あんたに来てくれとせっつかれた人間はな。

フィガロ　今、およそ何時ごろだ？

アントニオ　（空を見て）月が昇ったころさな。

バルトロ　なんと！　黒ずくめの身支度なんかして、お前？　これじゃあまるで陰謀を企んでますって顔だ！

フィガロ　（動き回って）なあ、みんな、聞くけど、お館に集まったのは婚礼のためだろう？
ブリドワゾン　そ、そうとも。
アントニオ　これから、みんなで庭のあっちさ行って、お祝いが始まる合図を待つだ。
フィガロ　そんな遠くに行かないでもらいましょう、皆さん。ここ、マロニエの木の下こそ、おいらが結婚するご立派なフィアンセとそれをわが物にしようと決められた誠意溢れる殿様をわれわれ揃ってお祝いするはずの場所なんですよ。
バジール　（昼間のことを思い出して）ああ！　なあるほど、そういうことか。引き下がっていようや。悪いことは言わん。逢引って話だ。この近くでその話をしてやるよ。
ブリドワゾン　（フィガロに）み、みんな、また来るでな。
フィガロ　おいらが呼んだのを聞いたら、みんな駆けつけてくださいよ。素敵なショーが見られなかったら、せいぜいおいらをこき下ろして結構。
バルトロ　忘れてはいかん、利口な男はお偉方とはいざこざを起こさないものだ。
フィガロ　忘れるものですか。
バルトロ　連中は身分からいってもおれたちよりはるかに有利なんだ。
フィガロ　悪知恵は別にしてもね、あなたはそれを忘れてますよ。でもね、同じように忘れちゃならんのは、人間、臆病だと知れたら、悪党どもの言いなりになるばかりだってことですよ。
バルトロ　その通り。

フィガロ　もうひとつ、おいらは母上から立派に譲られたヴェルト・アリュールって名前を持ってることもね。
バルトロ　すごい鼻息だわい。
ブリドワゾン　ま、まったくだ。
バジール　（傍白）伯爵とシュザンヌはわし抜きで話をつけたのかな？　ひと騒動起きても、わしはちっともかまわんぞ。
フィガロ　（従僕たちに）お前たち、いたずら坊主どもは、おいらが言いつけたように、このあたりを照らすんだぞ。さもないと、今にも死んじまいたいこの気分にかけて言うが、誰かの腕でもつかんだら最後…。（彼はグリップ＝ソレイユの腕を揺すぶる）
グリップ＝ソレイユ　（泣き叫びながら立ち去る）ああ、いたた、たた！　なんて野蛮なやつだ。
バジール　（立ち去りながら）せいぜい楽しむんだな、婿殿や！
（フィガロ以外は退場）

第三景

フィガロ（ひとり、暗がりの中をそぞろ歩きしながら、この上なく陰気な口調でしゃべる）

ああ、女！　女！　女！　弱くって当てにならねえ生き物だなあ！…生きてるものには本能がつきものだが、お前のはさしずめ男をだますことか？……奥様の前であいつに頼み込んだ時にはさんざん嫌だって抜かしたくせに(一)。おれに結婚の誓いをしていた間、結婚式の真っ最中だぞ……伯爵は読みながら笑っていたな、裏切り者が！　で、おれはといえば間抜け面のしっぱなし！　……いや、伯爵さまよ、あんたに彼女はやりませんぞ……やりませんとも。あんたは自分が大貴族だから、生まれつきの才能もたっぷりあると思ってる！……爵位、財産、地位、いくつもの肩書き、全部揃って威張りくさってるんだ！　でも、これだけのおいしい結果を手に入れるのに、あんたはいったい何をしたんです？　生まれるという骨を折っただけ、後は何もしてないじゃないか。それに、男としても平々凡々！　それに引き換え、このおれは、えい、糞っ！　名もない大衆に埋もれて、ただ生きてゆくだけでも、この百年来スペイン全土を治める以上の博学ぶりと計算の妙を発揮しなくちゃならなかったんだ。あんたはそんなおいらとやり合うつもりかい！……誰か来るぞ…彼女か…いや誰でもない。ひどく暗い夜だな、で、おれは阿呆な亭主の役回りだ、まだろくろく亭主にもなってないのに！　(ベンチに腰を下ろす)　このおれの運命ほど変わったものがあるだろうか？　誰の息子とも知らず、生まれてすぐ盗賊どもにさらわれて、そいつらの風習のもとに育ち、それが嫌さにまともな暮らしがしたくなったのに、どこへ行ってものけ者扱い！　化学、

(一)　二幕第二景参照。

薬学、外科学と学んだが、せっかくの大貴族のお墨付きもやっとのことで獣医のメスを手にするぐらいが関の山だ（二）！　病気の動物たちを苦しませるのも飽きたから、今度は正反対の商売をと、大いに張り切って演劇の世界に飛び込んだ。が、なんと首に石をくくりつけて水に飛び込んだと同じだった！　ハーレムの風習をヒントに書きなぐった喜劇だが、スペインの作家だから、遠慮なくムハンマドをこき下ろしてかまわんと思ったんだ。ところがあっという間にどこかの使いが来て、おれが作品の中で、崇高なるオスマントルコ帝国、ペルシャ、インド半島の一部、エジプト全土、バルカ（三）、トリポリ、チュニス、アルジェ、モロッコの諸王国を侮辱しとるといちゃもんつけやがった。そんなわけでイスラムの王侯たちのご機嫌取りのため、おれの芝居は没になったが、思うにそいつらの誰ひとり読み書きなんかできっこないくせに、人の肩甲骨をぶちのめして「キリスト教徒の犬め！」なんて言いやがる。精神を堕落させられないなら、腹いせに虐待してやろうって魂胆だ。頬はこけ、家賃の支払い期限が切れると、おれは執達吏の助手がかつらをかぶり、羽ペンを耳に挟んで、遠くからやって来るのを目にした。おれは震えながらも必死に立ち向かった。そのころだが、富の性質についての懸賞論文が出回ったんだ。物事を論ずるにはそれを所有してなきゃならんという法もないし、懐にはびた一文なかったから、おれは貨幣の価値と実収入について書いてみた。そのとたんだ。馬車に乗せられ、奥まった席から、監獄の跳ね橋がおれを目掛けて下りてくるのが見え、その入り口でおれはすべての希望と自由を捨て去った（四）。（立ち上がる）くるくる代わる三日天下の薄っぺら大臣ども（五）、こいつらが見事に失脚して高慢ちきの夢が覚めたら、やつらの命じた悪行をそのまま味わわせてやりたいもんだぜ！そんな時にはこう言いたいや…印刷されたたわごとなんてものは、その流通を妨害するからこそ重い意味を持つんで、譴責《けんせき》処分（六）なんてものがなければ、お追従、おべっかもなくなるさ、くだらん書き物にびくびくするのはくだらん男だけだってな。（再び腰を下ろす）監獄の暗がりでこんな寄宿人を飼っておくのにも飽きたとみえ、ある日おれは塀の外におっぽり出された。牢屋からは出ても、飯は食わなきゃならんので、おれはまたまた羽ペンを削って、今日、この頃の話題はなんだと、片っ端から聞いて回ったところ、おれが牢屋で安上がりの隠遁生活をしてる間

（二）『セビーリャの理髪師』一幕第二景でフィガロはアルマビーバ伯爵の伝手で獣医になったことを述べている。
（三）バルカはリビア東部地方。一般的にバルカと呼ばれていた。
（四）ダンテの『神曲』地獄篇第三章で、地獄の門に「この門をくぐる者、一切の希望を捨てよ」と銘が記されているのを利用している。
（五）ルイ十六世治下で大臣が次々と首をすげかえられたことへのあてこすり。
（六）ボーマルシェは、ラ・ブラシュ伯爵との抗争に関して判事グズマンと裁判になり、譴責処分の判決を受ける。

に、マドリードでは生産物販売の自由とかいう制度ができて(七)、出版物にも及んだそうだ。というわけで、おれの書くものが当局筋や信仰、政治や道徳、お偉方や有力団体、オペラや他の芝居、どっかの筋につながる人間などに触れない限り、せいぜい二、三人の検閲官の監督のもと、なんでも自由に印刷できたんだ。この心地よい自由を利用しようと、おれは定期刊行物の発行を予告し、他人を出し抜く気は毛頭なかったから、これを「役立たず新聞」と名付けた。なんとまあ!たちまち無数のインチキ物書きどもが立ち上がりおれに向かってきた。おれの新聞は発行停止、またしてもおれは仕事にあぶれちまった!これでついに一巻の終わりかと思いかけたところに、おれのことを気にかけてくれる人が現れて働き口をひとつ考えてくれた。ついてないのは、これがおれにぴったりだったんだが、計算係が必要だったのに、その地位を得たのは巧みに踊るやつだったんだ(八)。こうなるともう残された道は盗みしかない。おれは銀行ゲームの胴元になった。すると相手はお人好しだらけ!おれは街中のレストランで夕食をとる身分になり、申し分ない紳士、淑女がていねいに屋敷に迎えてくれたんだが、それは自分たちで利益の四分の三をピンはねするためだった。おれはその気になればもう一度立ち直れただろう。実際、財産を手にするには知識よりも駆け引きだってわかりかけていたんだ。ところがおれの周りじゃあ誰もがおれには正直でいろと言いながら自分は盗んでばかり、当然、おれはまた沈没だ。今度こそおれは浮世とおさらばして二十尋《ひろ》の水底へ沈んじまおうとした時、お情け深い神様はおれを最初の職業に呼び戻してくださった。おれは道具入れのケースとイギリス革のかみそり砥ぎを取り出し、むなしい名声はそれを得て喜ぶ阿呆どもに任せ、歩く人間には重過ぎる恥ってやつは道端に捨て、町から町へと髭剃り商売、ようやくのんきに暮らすようになった。ひとりの大貴族がセビーリャにやってきて、おれの顔を思い出した。おれはその貴族をうまく結婚させてやったのに、おれのおかげで奥方を手にしたご褒美に、そいつはおれの花嫁を横からかっさらうつもりでいるんだ！　で、これについちゃあ企みやら騒動やらが起こる。おれは自分の母親とあわや結婚して地獄に落ちようとするその瞬間に、両親が立て続けに現れた。（興奮して立ち上がる）そこでまたじたばたが始まる。あんた方だ、やつだ、おれだよ、お前だ。いや、おれたちじゃあない。じゃあ、いったい誰なんだ？（再び座り込む）なんとまあ、おかしな出来事の連続だ！　なんでこんなことがおれの身に起きたんだろう？　なぜこんなことばかりで他のことじゃあないんだ？　おれの頭上にこんなこと全部差し向けたのはどこのどいつだ？　それと知らず分け入った人生の道を無理やり走らされて、やがては望みもしないのに出て行かされるにしても、おれは自分の陽気な性質が

（七）一七七四年ルイ十六世から財務総監に任命されたチュルゴーは自由経済の信奉者で、穀物取引の自由化と価格統制の撤廃など大胆な改革を推し進めたが、失敗、結局その地位を追われた。この台詞はスペインに事寄せた作者のあてこすりだろう。

（八）「計算係が必要だったのにその地位を得たのは巧みに踊るやつだった」と言う台詞は、後世、能力で職は得られないという意味で使われるようになる。

許す限り、この道に花を撒き散らしてきた。もっとも、陽気だ陽気だと言ってるが、他の性質と同じくほんとに自分のものだと言えるのか、それに、おれがどうのこうのと言ってみても、このおれとはいったいなんなのか、さっぱりわかりゃしない。最初は得体の知れない部分が不細工に集まったもの、次に人様から馬鹿にされる間抜け、はしゃぎ好きの小僧っ子、それが快楽に入れあげる若者となり、楽しむためにはなんにでも興味を持ち、生きるためにはどんな商売でもやってのけ、ここでは主人、あちらでは召使、運命の神様の思し召し次第。見栄に駆られて野望を抱き、必要に迫られて勤勉にもなる、だが、ぐうたらときたら…こいつは万歳だ！　危険次第で弁舌を振るい、息抜きに詩人となる。機会があれば音楽家、女に惚れるのは行き当たりばったり、要するにおれはなんでも見て、なんでもやって、なんでも使い果たした。それから、幻想がぶち壊れた、それも壊れて目がぱっちりと覚めた…いや、覚めすぎちまった！　…シュゾン、シュゾン、シュゾン！　なんとまあ、お前はおれを苦しめるんだ！　…足音だ…誰か来るな。まさに決定的瞬間だぞ。（彼は右側の舞台袖近くに引き下がる）

第四景

フィガロ、伯爵夫人（シュザンヌの服を着ている）、シュザンヌ（伯爵夫人の服を着ている）、マルスリーヌ

シュザンヌ　（小声で伯爵夫人に）はい、マルスリーヌの話ではフィガロが来るだろうということでございます。
マルスリーヌ　もういるわよ。声を小さく。
シュザンヌ　で、ひとりは聞き耳を立て、もうひとりは私に会いに来るのですわ。始めましょう。
マルスリーヌ　一言も聞き漏らさないように、あたしはあずまやに隠れましょう。
（彼女はファンシェットが入ったあずまやに入る）

第五景

フィガロ、伯爵夫人、シュザンヌ

シュザンヌ　（普通の声で）奥様、震えていらっしゃいますわ！　お寒いのでしょうか？
伯爵夫人　（普通の声で）夜は湿気があるわね、わたし戻るわ。
シュザンヌ　（普通の声で）ご用がなければ、私、この木の下で少し空気を吸ってまいります。
伯爵夫人　（普通の声で）夜露にあたるわよ。
シュザンヌ　（普通の声で）ちゃんと身支度をしてまいりました。
フィガロ　（傍白）ほう、そうかい、夜露にねえ！
（シュザンヌはフィガロとは反対側の舞台袖近くに引き下がる）

第六景

フィガロ、シェリュバン、伯爵、伯爵夫人、シュザンヌ

（フィガロとシュザンヌは舞台前面両側にそれぞれ引き下がっている）

シェリュバン　（士官の制服を着て、陽気に恋歌《ロマンス》のリフレインの節を歌いながらやって来る）ラ、ラ、ラ、

かつて、われ、名付けの母を
ひたぶるに恋慕いぬ。（九）

伯爵夫人　（傍白）小姓だわ！

シェリュバン　（立ち止まる）ここはみんなが散歩するな。早いところ隠れ場所に戻ろうか、あそこにはファンシェットのちびが…でも女は女だ！

伯爵夫人　（聞き耳を立て）まあ！　なんてひどい！

シェリュバン　（遠くを見て身をかがめる）おや？　薄闇の中、遠くに浮き出してる羽飾りの帽子、どうもシュゾンみたいだな。

伯爵夫人　（傍白）伯爵が来たら大変！……

（伯爵が舞台奥に現れる）

シェリュバン　（近づいて、いやがる伯爵夫人の手を取る）そうだ、これはシュザンヌという名前のチャーミングな娘だ。この手の柔らかさ、手の微かな震え、とりわけ僕のこの胸のときめき

から、思い違いするわけないよ！

（彼は伯爵夫人の手の甲を自分の胸に当てようとする。夫人は手を引っ込める）

伯爵夫人　（小声で）あっちへ行って。

シェリュバン　もし僕に同情してわざわざ、僕がさっきから隠れている庭のこの場所まで来てくれたのなら…

伯爵夫人　フィガロが来るわよ。

伯爵　（進み出て、傍白）あれはシュザンヌじゃないかな？

シェリュバン　（伯爵夫人に）フィガロなんか全然怖くない、だって君が待ってるのは彼じゃないもの。

伯爵夫人　じゃあ、誰なの？

伯爵　（傍白）誰かと一緒だな。

シェリュバン　殿様だろうが、このいたずら娘、今朝、僕が肘掛け椅子の後ろにいた時、殿様が逢いたいって頼んでたじゃないか。

伯爵　（傍白、怒って）またしてもあのけしくりからん小姓めか！

フィガロ　（傍白）立ち聞きすべからずとはよく言ったもんだ！

（九）二幕第四景参照。

シュザンヌ　（傍白）おしゃべり小僧！
伯爵夫人　（小姓に向かって）お願いだからあっちへ行って。
シェリュバン　せめてご褒美をもらわなきゃあ言うことは聞けないね。
伯爵夫人　（おびえて）どうしろと言うの？…
シェリュバン　（熱くなって）まず君の分が二十回のキス、それから君の美しいご主人の分が百回だ。
伯爵夫人　そんなこと、まさか？…
シェリュバン　ああ、そうとも、そのまさかだ。君は殿様に対してご主人の代わりをする。僕は君に対して伯爵の代わりになる。一番馬鹿を見るのはフィガロさ。
フィガロ　（傍白）このくず野郎！
シュザンヌ　（傍白）小姓にしては大胆だわ！
（シェリュバンは伯爵夫人にキスしようとする。伯爵が間に入り、キスを受けてしまう）
伯爵夫人　（身を引きながら）まあ！　なんという！
フィガロ　（傍白、キスの音を聞いて）まったく、えらい女と結婚するところだったぞ！　（耳をすます）
シェリュバン　（伯爵の衣服に触ってみる）（傍白）殿様だ！　（彼はファンシェットとマルスリーヌが入ったあずまやに逃げ込む）

第七景

フィガロ、伯爵、伯爵夫人、シュザンヌ

フィガロ　（近づいて）ひとつこのおれが…

伯爵　（小姓にしゃべっているつもりで）もう一度キスをしないのなら…。（小姓のつもりで平手打ちを食わす）

フィガロ　（平手打ちの届くところにいて、それを受ける）あっ！

伯爵　…とにかく、最初のキスの支払いだ。

フィガロ　（傍白、頬をさすりながら遠ざかり）立ち聞きもまるまる儲かるもんじゃないな。

シュザンヌ　（舞台の別の側にいて、高笑いする）あっはっはっはっ！

伯爵　（伯爵夫人をシュザンヌだと思って、彼女に）あの小姓めは、わからんやつだな？　嫌というほど横っ面を張られたくせに、げらげら笑って逃げて行くとは。

フィガロ　（傍白）今ので小僧が痛がるはずないだろう！…

伯爵　なんだろう、いったい！　足を一歩踏み出せば決まってあいつが…（伯爵夫人に）だが、こんな変な話はよそう。並木道のこの場でお前に会えた楽しみが台無しになる。

伯爵夫人　（シュザンヌの口調をまねて）楽しみにしておられましたの？

伯爵　お前のあんなに気が利いた手紙をもらったからには！　（伯爵は夫人の手を取る）震えてい

るのかね？
伯爵夫人　怖かったのですわ。
伯爵　キスしてはならんというつもりがないからこそ、手紙を受け取ったのさ。
（彼女の額にキスする）
伯爵夫人　まあ、なれなれしい！
フィガロ（傍白）あばずれめ！
シュザンヌ（傍白）素敵な方！
伯爵　（妻の手を取り）それにしてもなんときめの細かいすべすべした肌だろう、家内の手とはずいぶん違って美しい。
伯爵夫人（傍白）まあ！　ひどい思い込み！
伯爵　家内はこんな引き締まってしかもふっくらした腕をしているだろうか？　このきれいな指、優雅でおきゃんな感じでいっぱいだ。
伯爵夫人　（シュザンヌの声色で）では愛は？
伯爵　愛というのは…心が生み出すロマンに過ぎないよ。快楽こそが心の歴史そのものだ。わしをお前の膝元に連れてきたのは快楽なのだ。
伯爵夫人　もう奥様を愛してはいらっしゃいませんの？
伯爵　大いに愛しているとも。だが三年も一緒にいると結婚生活も格好ばかりつけて面白くないのだ！

伯爵夫人　奥様には何をお望みでしたの？

伯爵　（夫人を愛撫しながら）お前の持っているものさ、かわいいシュゾン…

伯爵夫人　ですからおっしゃって。

伯爵　…きちんと言えるかどうか。おそらくもっと単調でないもの、立ち居振る舞いにもっと気をそそるようなもの、魅力をかもし出す何か、時にはぴしゃりとはねつけてもよい、とまあそんなものかな。上流の女たちはわれわれ男を愛しさえすれば、万事ことが済んだと思っとる。ひとたびそうなればただひたすら愛するのだ、ひたすらに！（われわれ男を本当に愛している場合だがな）なんでも言うことを聞いてくれ、絶えず世話を焼く、それも休みなく四六時中とくれば、ある晩突然、求めていた幸福にもうたくさんだと思っている自分にびっくりすることになるのさ。

伯爵夫人（傍白）まあ！　なんという教訓！

伯爵　実のところ、シュゾン、わしもつくづく考えてみた、われわれ男が妻たちの懐を逃げ出してよそにこの種の快楽を求めるのも、妻たちが男の好みをうまくつなぎ、愛情にも新しさを加え、いわば変化のうちに自分の女の魅力を生き返らせるすべを学ぼうとしないからだ。

伯爵夫人（気分を害して）では、責任は全部女たちに？…

伯爵　（笑って）男に罪はないのかって？　自然の歩みは変えられるだろうか？　われわれ男の務

めは女を手に入れることだったし、女の務めは…

伯爵夫人　女の務めは…？

伯爵　男を引きとめておくことさ。みんなあまりにも忘れておるんだ。

伯爵夫人　私は忘れません。

伯爵　こちらもだ。

フィガロ　（傍白）こちらも。

シュザンヌ　（傍白）こちらも。

伯爵　（夫人の手を取って）ここはこだまが聞こえるな。もっと小声で話そう。お前はそんなこと考える必要はない。恋がこんなにも生き生きと、美しく創り上げたのがお前だ！　これにちょっと浮気心さえあれば、これ以上はないほど男心をそそる恋人になるとも！　（夫人の額にキスする）かわいいシュザンヌ、カスティーリャ男児に二言はない。ここに約束の金がある、わしが無くしてしまった権利を買い戻し、お前がくれる甘いひと時のためだ。だが、それにお前が加えてくれるエレガントな雰囲気はたとえようもないから、このダイヤを添えてあげよう。わしへの愛情のしるしに付けておくれ。

伯爵夫人　（お辞儀をして）シュザンヌはすべてお受けいたします。

フィガロ　（傍白）こんなあばずれ見たことないぞ。

シュザンヌ　（傍白）これでちょっとした財産が入ったわ。

伯爵　（傍白）欲に目がくらんだな。大いに結構！
伯爵夫人　（舞台奥を見て）松明《たいまつ》が見えますわ。
伯爵　お前の婚礼の準備さ。ちょっとあずまやのどれかに入っていようか。連中をやり過ごそう。
伯爵夫人　明かりもなくですの？
伯爵　（彼女を優しく引っ張って）明かりがなんになる？　本を読むわけでもあるまい。
フィガロ　（傍白）行ったな、あいつ！　そうじゃないかと思ってたぞ。（彼は進み出る）
伯爵　（振り返って声高に）そこを通るのは誰だ？
フィガロ　（怒って）通るだって！　わざと来たんですよ。
伯爵　（小声で伯爵夫人に）フィガロだ！……（彼は逃げ出す）
伯爵夫人　ついて行きます。（彼女は右手のあずまやに入る、その間に伯爵は舞台奥の林に姿を消す）

第八景

フィガロ、シュザンヌ（暗がりの中）

フィガロ　（伯爵とてっきりシュザンヌだと思い込んでいる伯爵夫人の行方を求めて）もう何も聞こえんぞ。二人とも入ってしまった。いよいよだぞ。（声の調子をいつもと違えて）あんた方、世の不器用な亭主族、金を払って探偵を雇い、何ヶ月もひとつの疑いの周りをうろちょろしてもなんにも証拠をつかめない人たち、なぜおいらを見習わないんだ？　新婚最初の日からおいらは女房の後をつけ、立ち聞きし、やすやすと真相をつかんだぞ。こいつは素敵だ。疑う余地はない。どうすればいいかもわかってる。（勢いよく歩き回り）幸いおいらはこんなのへっちゃらだ、あいつの裏切りなんぞ蚊に刺されたほどにも感じない。ついにあいつらをとっ捕まえたぞ！

シュザンヌ（暗闇の中をゆっくりと進み出て、傍白）あんたのご立派な疑いの報いを受けるといいさ。（伯爵夫人の口調をまねて）誰、そこにいるのは？

フィガロ（冷静を欠いた声で）「誰、そこにいるのは？」だって。生まれたとたんにペストにやられたいと心から思ってるやつですよ…

シュザンヌ（伯爵夫人の口調で）おや、まあ、フィガロね！

フィガロ（彼女を見つめて、勢いよく言う）伯爵夫人！

シュザンヌ　小声でお話し。

フィガロ（早口で）ああ！　奥様、ほんとによいところへ来てくださいました。殿様がいったいどこにいらっしゃると思し召す？

シュザンヌ　あんな不実なひと、どうでもいいの。それより…

フィガロ（より早口で）それから、シュザンヌです、私の女房ですが、どこにいるとお考えで？

シュザンヌ　小声でお話しったら！

フィガロ　（もっと早口で）あんなに貞淑だとみんなが思い込んでいたシュゾン、慎み深さそのものみたいな顔をしていたシュゾンがです！　二人はその中にしけこんでるんです。人を呼びますから。
シュザンヌ　（手でフィガロの口をふさぎ、声を作るのを忘れて）呼んじゃだめ！
フィガロ　（傍白）やっ！　シュゾンだ！　ゴッダム！
シュザンヌ　（伯爵夫人の口調で）お前、心配そうだわね。
フィガロ　（傍白）すっかりだましやがって！　おいらを驚かすつもりだな！
シュザンヌ　二人で仕返しをしなくてはね、フィガロ。
フィガロ　是非ともそうお望みで？
シュザンヌ　わたしだって女ですよ！　男の人にはいくらでも仕返しの仕方があるでしょうけど。
フィガロ　（いかにも親しげに）奥様、ここには他に誰もおりません。女性の仕返しだって…男に勝るとも劣りません。
シュザンヌ　（傍白）横っ面を思い切り引っ叩きたい！
フィガロ　（傍白）こいつは面白そうだな、婚礼の前だけに…。
シュザンヌ　でもこんな仕返しには愛情も少しはないと味気ないわ。
フィガロ　愛情がどこにも見つからないのは、奥様への尊敬の念がそれを隠しているのだとお考えくださいませ。

シュザンヌ　（むっとして）本気でそんなことを思っているのかは知らないけど、心から言っているとは思えないわ。
フィガロ　（ひざまずき、滑稽な熱意を示して）ああ！　奥様、ひたすらお慕いしております。時と場所、状況をお考えください、私のお願いに上品さが足りませんでも、それは殿様へのお恨みがこもっているとお許しくだされば。
シュザンヌ　（傍白）この手がむずむずする！
フィガロ　（傍白）胸がどきどきするぞ。
シュザンヌ　それにしても、あなた、考えた上でのことなの？……
フィガロ　はい、奥様、はい、考えた末の末でございます。
シュザンヌ　…あの二人の怒りや愛情は…
フィガロ　そんな先々の話はないも同然で。どうかお手を、奥様！
シュザンヌ　（地声で、平手打ちを加える）そら、これだよ。
フィガロ　いてっ！　ひでえなあ！　なんてびんただ！
シュザンヌ　（二発目を加えて）なんてびんただって！　じゃあ、これはどうなのさ？
フィガロ　やっ、こいつはなんだ？　たまらんぞ！　今日は引っ叩かれ日か？
シュザンヌ　（一句ごとに彼をぶって）「やや！　こいつはなんだ？」シュザンヌだよ。ほらこれがあんたの疑いの報い、これはあんたの仕返しの報い、これはあんたの裏切り、策略、悪口、そして悪巧みの報いだよ。これが愛情かい、ええっ、今朝言ったような(一〇)?

フィガロ (起き上がりながら、笑う) わかった、わかった! そうさ、これこそ愛情だ。なんという幸せ! なんという喜び! このフィガロは百倍も果報者だ! 引っ叩いてくれ、愛しいやつ、いくらでも飽きずにどうぞ。だが、おれの身体中、傷だらけにした後で、どうかシュゾン、優しく見つめてくれ、これまで女に引っ叩かれた中で最高に幸せな男を。

シュザンヌ 「最高に幸せ」だって! この性悪男、そんなこと言ってもやっぱり奥様を誘惑してたつもりじゃない、あんないい加減なくどき文句でもって、だから、あたしだって、ほんとは自分のことを二の次にして、奥様の代わりにあんたの口車に乗ってたんだ。

フィガロ おいらがお前の素敵な声を聞き違えると思ったのかい?

シュザンヌ (笑いながら) あたしだってわかってたの? まあ! 絶対仕返ししてやるから!

フィガロ さんざん引っ叩いたくせに恨むなんて、そいつはあまりにも女らしいぜ! それにしても教えろよ、てっきりお前はあの人と一緒だと思っていたのに、よくまあここにいてくれたなあ。それにおれをだましたこの衣装、お前の純真を証明するこの衣装はどうして?……

シュザンヌ あら! のこのこやって来て、他の人にと仕掛けられた罠に引っ掛かるあんたの方がよっぽど純真すぎるわよ! 狐を一匹こらしめようとしたのに、二匹掛かったからって、

(一〇) 三幕第十八景参照。

あたしたちのせいじゃないでしょ？
フィガロ　で、誰がもう一匹をとっ捕まえるんだい？
シュザンヌ　あの方の奥様。
フィガロ　奥様？
シュザンヌ　奥様よ。
フィガロ　（夢中になって）おい！　フィガロ、首でもくれ！　お前にゃ想像もつかなかった…
奥様とはなあ！　無限の才気に溢れた女性たちだ！　じゃあ、さっきここで何度もキスした
のは…？
シュザンヌ　奥様にしたってことよ。
フィガロ　小姓のやつは？
シュザンヌ　（笑って）お殿様に。
フィガロ　じゃあ、この後、肘掛け椅子の背後には？（二一）
シュザンヌ　誰もいないわ。
フィガロ　間違いないか？
シュザンヌ　（笑って）また平手打ちの雨よ、フィガロ。
フィガロ　（彼女の両手にキスして）お前のびんたなら宝物さ。だが、伯爵のやつは本当の一発だった。
シュザンヌ　さあ、威張ってないで、少しはへりくだったらどう。

フィガロ　（台詞通りの動作をして）その通りだ。ひざまずいて、しっかりかがむ、ひれ伏して、這いつくばるとも。
シュザンヌ　（笑って）あはっ！　可哀想な伯爵、骨折り損のくたびれもうけ！…
フィガロ　（起き上がってひざまずき）物にしたのは奥様だった！

第九景

伯爵（舞台奥から登場、真っすぐ右手のあずまやの方に行く）、フィガロ、シュザンヌ

伯爵　（独り言）林の中を探してもあの娘《こ》はおらん、ここにもう入っとるのかも知れん。
シュザンヌ　（フィガロに小声で）お殿様よ。
伯爵　（あずまやを開けて）シュゾン、中におるのか？
フィガロ　（小声で）探してる相手は奥様なのに、おれもてっきりお前だとばかり…
シュザンヌ　（小声で）まだ奥様だってわからないのよ。
フィガロ　止めを刺してやろう、いいな？　（シュザンヌの手にキスする）
伯爵　（振り返って）伯爵夫人の足元に男が！…しまった、わしは丸腰だ。（彼は進み出る）

（一一）一幕第八～第九景参照。

フィガロ　(すっかり立ち上がり、作り声で) お許しくださいませ奥様、お会いするこのありふれた場所が、婚礼に使われるとは思い至りませんでした。

伯爵　(傍白) 今朝、化粧室に隠れていた男だ。(自分の額を叩く)

フィガロ　(続けて) しかし、このようにつまらない邪魔のせいで私たちの楽しみが先に延ばされることがあってはなりません。

伯爵　(傍白) ぶち殺してやる！　死だ！　地獄に落ちろ！

フィガロ　(彼女をあずまやの方に連れて行き、小声で) 奴さん、わめいてるぞ。(普通の声で) さあ、急ぎましょう、奥様、そして先刻、窓から私が飛び下りた時に受けたひどい仕打ちの埋め合わせをいたしましょう。

伯爵　(傍白) ああ！　これで全部わかったぞ。

シュザンヌ　(自分の右手のあずまやの傍で) 入る前に、誰もつけて来ないか見てちょうだい。

(フィガロは彼女の額にキスする)

伯爵　(叫ぶ) 復讐だ！

(シュザンヌはフランシェットとマルスリーヌ、そしてシェリュバンが入ったあずまやに入る)

第十景

伯爵、フィガロ　（伯爵はフィガロの腕をつかむ）

フィガロ　（大げさに怖がる振りをして）ご主人さまだ！

伯爵　（フィガロだとわかって）ああ！　悪党め、お前か！　おい、誰か、誰かおらんか！

第十一景

ペドリーユ、伯爵、フィガロ

ペドリーユ　（長靴を履いている）お殿様、ずいぶんお探しいたしました。

伯爵　よし、ペドリーユか。ひとりだけなのか？

ペドリーユ　セビーリャから馬に鞭打って今着いたところで。

伯爵　近くへ寄れ、大声で叫ぶのだ！

ペドリーユ　（精一杯の声で叫ぶ）小姓についてはこの手にあるものだけで。これが辞令の包みで。

伯爵　（彼を押しのけて）この馬鹿者！

ペドリーユ　叫べとおっしゃいましたので。

伯爵　（相変わらずフィガロを捕まえたまま）人を呼べというんだ。おーい、誰かおらんか！　聞こえたらみんな駆けつけろ。
ペドリーユ　フィガロと私、二人でおります。何が起きたんでございますか？

第十二景

前景の人々、ブリドワゾン、バルトロ、バジール、アントニオ、グリップ=ソレイユ
（婚礼の参列者全員が松明を持って駆けつける）

バルトロ　（フィガロに向かって）お前の最初の合図で、この通り…
伯爵　（自分の左手のあずまやを指して）ペドリーユ、そのドアを見張れ。（ペドリーユはドアのところに行く）
バジール　（小声でフィガロに）殿様とシュザンヌの現場を押さえたのか？
伯爵　（フィガロを指して）そして、皆の者、家臣一同は、この男を取り巻き、命にかけてもしっかり見張るんだ。
バジール　ははーん！
伯爵　（怒って）黙れ！　（フィガロに向かって、冷たい口調で）騎士気取りのお前、このわしの質問に答えられるか？
フィガロ　（冷静に）まさか！　答えなくてよいなんて、誰が言えましょう、殿様？　ここではあ

なた様がすべて命令なさいます。ご自身だけは別として。

伯爵　（自分を抑えて）わしだけを別にしてだと！……

アントニオ　そんとおりだで！

伯爵　（また怒り出し）いや、わしの怒りを増すものがあるとすれば、それはこの男がまるで蛙の面に水って態度でいることだ。

フィガロ　私たちは自分たちの知らない利害で殺したり殺されたりする兵隊でございますか？　この私といたしましては、なにゆえ自分がかっとなるのか知りとうございます。

伯爵　（われを忘れて）おのれ、許さん！　（自分を抑えて）では、何も知らない振りをしておるご立派なお方、せめてこれだけは教えていただけるかな、そなたが今しがたこちらのあずまやにお連れしたご婦人が何者なのかを？

フィガロ　（意地悪く別のあずまやを指して）あちらのでしょうか？

伯爵　（急いで）こっちだ。

フィガロ　（冷静に）違いましたか。私めに特別なご愛顧を示してくださる、とある若いご婦人でして。

バジール　（びっくりして）おや！　まあ！

伯爵　（急いで）みんな、こいつの言葉を聞いたか？

バルトロ　（びっくりして）聞こえております。

伯爵　（フィガロに）で、その若いご婦人とやらは、そなたの知る限り他の人と結婚の契りを結んでいるのではないかな？

フィガロ　（冷静に）どこかのお偉い殿様がしばらくの間この方に熱を上げておられたのは承知しております。しかし、殿様が飽きてしまわれたのか、それとも、愛しいお方より私めがお気に召したのか、今日では私めがよろしいとのことでして。

伯爵　（勢いよく）私めがよろし…！　（自分を抑えて）ばか正直ではあるな、少なくとも。というのも、今この男が認めておることを、皆の者、わしはこの耳で聞いたのだ、誓って言うが、それも共犯者の口からだ。

ブリドワゾン　（仰天して）きょ、共犯者ですと！

伯爵　（憤激して）さあ、不名誉が公《おおやけ》になった以上は、復讐もまたそうでなければならん。（彼はあずまやに入る）

第十三景

前景の人々、伯爵を除く

アントニオ　そん通りだで。

ブリドワゾン　（フィガロに）だ、誰が、では、他人の女房を、盗ったんじゃ？

フィガロ　（笑って）誰もそんな嬉しいことはやっていませんよ。

第十四景

前景の人々、伯爵、シェリュバン

伯爵　（あずまやの中で話しながら、誰かを引っ張り出してくるが、まだ見えない）どんなにあがいても無駄だ、身の破滅だ、奥方。お前はもう終わりだ。（彼は相手を見ずに出て来る）こんなおぞましい結婚からひとりの子も授からずに済んだのは幸いだ！…

フィガロ　（叫ぶ）シェリュバン！

伯爵　わしの小姓か！

バジール　おや、まあ！

伯爵　（われを忘れて、傍白で）またしてもこの手に負えん小姓めか！（シェリュバンに）この中で何をしておった？

シェリュバン　（おずおずと）殿様のご命令通り（一二）、隠れておりました。

（一二）四幕第七景で伯爵はシェリュバンに自分の目に触れる場所にいてはならぬと命じている。

ペドリーユ　馬一頭乗りつぶしたあげくがこれか！（一三）
伯爵　アントニオ、中に入れ。わしの名誉を傷つけた恥ずべき女を裁判官の前に引き出せ。
ブリドワゾン　あ、あんた、奥方を探しに行くのかね？
アントニオ　れっきとした天の思し召しですだよ、まったく！　殿様がだらしねえ女を国中でたんとお作りになったから…
伯爵　（怒って）入らんか！　（アントニオは入る）

第十五景
前景の人物たち、アントニオを除く

伯爵　みんな、見ておるがいい、小姓のやつはひとりだったのではないぞ。
シェリュバン　（おずおずと）もし情け深いお方が苦しみを和らげてくださらなかったら、私の身の上はあまりにも残酷なものになっておりました。

第十六景

前景の人物たち、アントニオ、ファンシェット

アントニオ　（誰かの腕を引っ張ってくるが、まだ誰だか見えない）さあ、奥様、お願いせずとも出てきておくんなさい、中さお入りになったのはわかってますがな。

フィガロ　（叫ぶ）従妹のちびさんだ！

バジール　おんや！　まあ！

伯爵　ファンシェット！

アントニオ　（振り向いて、叫ぶ）やあ！　なんてこった、殿様、わざわざおらを選んで、おらの娘がこげな大騒ぎの張本人だって皆の衆に見せつけるとは、あんまりでねえですか！

伯爵　（憤慨して）この娘《こ》が中にいるなんて誰が知るものか？　（彼はもう一度、中に入ろうとする）

バルトロ　（前に出て）よろしいでしょうか、伯爵さま、これはどうもおかしゅうございます。私は冷静を保っておりますから、私が…（彼は中に入る）

ブリドワゾン　これはどうも、ま、まったくもってこんぐらかった事件で。

（一三）　ペドリーユは伯爵の命令でセビーリャまで早馬を走らせてきた。

第十七景

前景の人物たち、マルスリーヌ

バルトロ　（中でしゃべりながら出てくる）ご心配なく、奥様、ひどい目になんぞ遭いはしません。請合いますとも。（振り向いて、叫ぶ）マルスリーヌ！…

バジール　おんや！　まあ！

フィガロ　（笑って）おい！　なんたる狂気の沙汰だ！　お袋までもか？

アントニオ　次から次とえらいこっちゃ。

伯爵　（憤慨して）それがどうした？　伯爵夫人は…

第十八景

前景の人物たち、シュザンヌ（扇で顔を隠して）

伯爵　…ああ！　やっと出て来おった。（彼女の腕を荒っぽくつかんで）どう思う、皆の者、この憎むべき女を…？

（シュザンヌはひざまずき、頭を垂れる）

伯爵　だめだ、だめだ。

（フィガロは反対側でひざまずく）
伯爵　（もっと強く）だめだ、だめだ！
（マルスリーヌは彼の前にひざまずく）
伯爵　（もっと強く）だめだ、だめだ！
（ブリドワゾンを除く全員がひざまずく）
伯爵　（かっとなって）たとえ、百人ひざまずこうがだめなものはだめだ！

第十九景

前景の人物たち、伯爵夫人（もうひとつのあずまやから出て来る）

伯爵夫人　（ひざまずく）せめて、私も、数に加わりますわ。
伯爵　（伯爵夫人とシュザンヌを見つめて）やや！　これはどういうことだ、いったい！
ブリドワゾン　（笑って）ま、まったくもって、これは奥様。
伯爵　（夫人を引き起こそうとして）なんと、あなただったのか、伯爵夫人？（懇願する口調で）広い心で許してさえくれるなら…。
伯爵夫人　（笑いながら）あなたでしたらだめだ、だめだっておっしゃるでしょうね。でも、わたし

は、今日、これで三回目ですけれど（二四）、無条件で許してさしあげます。（彼女は立ち上がる）

シュザンヌ　（立ち上がる）私も。

マルスリーヌ　（立ち上がる）　私も。

フィガロ　（立ち上がる）私も。ここはこだまがよく響きますなあ！　（全員が立ち上がる）

伯爵　こだまか！　この連中をうまく引っ掛けてやろうと思ったが、こちらが子供扱いされたわい！

伯爵夫人　（笑いながら）悔しがってはいけませんわ、あなた。

フィガロ　（帽子で膝を拭いながら）今日のようなちょっとした一日が立派な大使を作るんでございますよ！

伯爵　（シュザンヌに）あのピンで留めた手紙は？……

シュザンヌ　奥様が口述されたのを書きました。

伯爵　返事はちゃんとあて先に届いたということだ。（彼は伯爵夫人の手にキスする）

伯爵夫人　めいめいが自分のものを手に入れるというわけね。（彼女はフィガロに財布を、シュザンヌにダイヤの指輪を与える）

シュザンヌ　（フィガロに）また持参金をいただいたわ。

フィガロ　（手の中の財布を叩いて）これで三つ。中でもこいつをいただくのは骨が折れたなあ！

シュザンヌ　あたしたちの結婚みたいね。

グリップ゠ソレイユ　花嫁さんのガーターはおいらがもらえるかね？（一五）
伯爵夫人　（懐へ大事にしまっておいたリボンを引っ張り出して投げ捨てる）ガーターですって？　シュザンヌの着るものと一緒にあったわ。ほら、これよ。（結婚祝いに集まった若者たちが拾おうとする）
シェリュバン　（素早く、走り寄ってリボンを取り、言う）欲しい者は腕ずくで来るがいい！
伯爵　（笑いながら、小姓に）そんなにかっとなりやすいお前が、さっきびんたを食らった時には何が面白かったんだね？
シェリュバン　（後ずさりして、剣を半ば抜きかけ）私でありますか、大隊長殿？
フィガロ　（滑稽な怒り方で）こいつはそのびんたを私の頬で受けましたのです。偉い方がたの罰とはこんなものです。
伯爵　（笑って）この男の頬だと？　あっ！　はっ！　はっ！　あなたはどう思うね、愛しい伯爵夫人？
伯爵夫人　（何か思いにふけっていたが、われに返って、心をこめて言う）ああ！　そうですわ、愛し

（一四）　二幕第十九景、四幕第五景参照のこと。
（一五）　農夫たちの婚礼では招待された男性たちが花嫁のガーターを争い、手にした者が恋を得るという言い伝えがある。

いあなた、生涯うかつなことはいたしません、誓いますわ。

伯爵　（判事の肩を叩き）では、あなたはどうかね、ブリドワゾン殿、この結論をどう思う？

ブリドワゾン　こ、この件についてですかな、伯爵さま？　いや、ま、まったく、わたしとしましては、な、なんと言うてよいものか、皆目、わかりません、これが、私の考えで。

一同　（一緒に）見事な裁判だ！

フィガロ　おいらは貧乏だった。人々に軽蔑されてもいました。で、いささか才気を示したところ、そこらじゅうから憎まれました。だが、今やきれいな女房と幸運が…

バルトロ　（笑いながら）優しい心の持ち主がこれからはたくさんやって来るさ。

フィガロ　本当に？

バルトロ　そんな人たちを知っているとも。

フィガロ　（観客にお辞儀をして）私の妻と財産はさておいて、どうぞ皆様、私めに嬉しい喝采と名誉を下さいますよう。

（ヴォードヴィルの前奏が始まる）（曲付き）

ヴォードヴィル（二六）

第一節　バジール

持参金は三倍、きれいな花嫁、

花婿さんには過ぎたる幸せ！
お殿様やら、小姓の成りたて、
あほなやつなら、妬くだろうが、
古い格言利用して、
賢い男は得をする。
フィガロ　その格言なら知ってるぜ…（彼は歌う）「生まれがいいのは得をする！」
バジール　違うぞ…（彼は歌う）「金があるのは得をする！」

第二節　シュザンヌ
亭主が女房を裏切れば、
自慢、吹聴、皆笑う。
女房が浮気をしてごらん、
亭主は咎《とが》めて、罰下す。
こんな馬鹿げた不正でも

（一六）　ヴォードヴィルは中世フランスが起源と言われ、元来は民衆が酒の席で歌うシャンソンとして普及した。一八世紀に市の芝居と結びついてヴォードヴィル喜劇として発展し、オペラ・コミックの誕生につながる。

その訳言って聞かせよか？
掟は強者が作るもの。（繰り返し）

第三節　フィガロ

ジャン・ジャノー（一七）はやきもち焼き、
女房と心の安息を一緒に得ようと企んだ。
獰猛な犬、買いこんで、
垣根の中に放し飼い。
夜になったら、さあ大騒動！
駆け回る犬に、噛まれたみんな、
涼しい顔は犬売りつけた情夫《いろ》。（繰り返し）

第四節　伯爵夫人

夫に愛は冷めていて、
操は守ると誇る妻、
他に愛人持ちながら、
愛は夫にと誓う妻。
節度を保つ妻は、悲し、

己の絆に縛られて、
何も誓わず老いてゆく…（繰り返し）

第五節　伯爵
田舎育ちの女房殿、
務め一筋大わらわ、
ものにしたとて意味はなし。
垢抜けた女は万々歳、
王様の刻印打ったエキュに似て、
亭主ひとりのしるしの下に、
殿方すべてを喜ばす…（繰り返し）

第六節　マルスリーヌ
この世に生を授けてくれた
優しい母は誰もが知る。

（一七）ジャンはフランスの男の名として最もよく知られるが、「妻を寝取られる夫」という蔑称に使われることがある。ジャノーはジャンから派生した語で「馬鹿、阿呆」の意。

だがその先はあら不思議、
愛の秘密はわからぬもの。
（フィガロがその歌を続ける）
その秘密こそ明かしてみせる、
たとえがさつなおやじでも、
息子はしばしば大人物…（繰り返し）

第七節　フィガロ

おぎゃあと生まれた定めでもって、
ひとりは王様、他は羊飼い。
その隔たりはただの偶然。
才覚だけがすべてを変える。
皆がへつらう王様たちも、
死んでしまえばそれっきり。
ヴォルテール（一八）こそ不滅の存在…（繰り返し）

第八節　シェリュバン

われら男の青春をいとも悩ます

愛しくも浮気な女性たち、
誰もがけなし、そしっても
誰もがいつも戻りゆく。
芝居で言えば平土間の客、
鼻先であしらう振りはするけれど、
受けを取ろうと死ぬ思い…（繰り返し）

第九節　シュザンヌ

楽しく、馬鹿げたこの芝居、
何かの役に立つならば、
しゃれたやり取り聞きほれて、
理屈に目くじら立てないで。
賢い自然は人々を
望みのままに楽しませ、

（一八）ヴォルテールは作者ボーマルシェが特に尊敬した啓蒙思想家であり、彼の死後、ボーマルシェは国内では発禁文書の多いこの思想家の全集を、独仏国境ライン川を渡ったすぐの町ケールで出版した。

おのが目的に連れて行く…（繰り返し）

第十節　ブリドワゾン

さ、さても、おいでの皆々様、
い、今、この時にご覧になった、
し、芝居で作者が描いたは、正真正銘
よ、よき大衆の生きざまですじゃ。
押さえつければ、わめき、叫び、
あの手この手で騒ぎ出す。
が、す、すべては歌でめでたしとなる…（繰り返し）

全員による踊り

（終わり）

第二部 ❋ ボーマルシェの「フィガロ三部作」について

はじめに

『セビーリャの理髪師』『フィガロの結婚』『罪ある母』の三部作はおよそ二十年の歳月をかけて書かれた。最初の二作品が、登場人物たちの颯爽たる動きや笑いに満ちた傑作であり、加えてロッシーニやモーツァルトの名作オペラによって全世界に知られ、今日まで生命力を維持しているのに対し、最後の『罪ある母』は発表当時から、好評だったとは言えず、今ではフランス本国でもめったに上演されることはない。

しかし、この作品を出版するに当たってボーマルシェがつけた序文、「『罪ある母』について一言」という文章を読むと、彼がこの三部作をどのような意図、意欲をもって書いたのかよくわかる。

「初日、『セビーリャの理髪師』におけるアルマビーバ伯爵の波乱の青春、ほとんど誰もが経験するあの青春に笑い興じ、

二日目、『てんやわんやの一日』で伯爵壮年期の過ち――これはしばしばわれわれ自身のものでもあるが――を陽気に観察した後に、

『罪ある母』を観にきてくださるなら、伯爵の年老いた姿に納得していただけるだろう。官能に身を焦がす年齢から遠ざかって、人の子の父となる幸福を味わった人間ならとりわけのこと、よ

ほど邪悪な生まれつきでない限り、誰でも善人に立ち返るものであると。これこそこの芝居の道徳的目標である。」

啓蒙の世紀に生を享け、人間の進歩を信ずることができた時代の申し子として、ヴォルテールを心から尊敬し、第三章で詳述するディドロの演劇美学すなわちドラマ、あるいは町民劇の美学に共鳴したボーマルシェは、この三部作でアルマビーバ一家の歴史を描き、その一家を支えたフィガロとシュザンヌの物語を完結しようと考えたのだろう。作者は、二作目の『てんやわんやの一日あるいはフィガロの結婚』の本当のタイトルは『漁色家の夫』なのだが、それを表に出さなかったために、人々がまるで別の印象をタイトルから受けたようだと述べている（『フィガロの結婚』序文）。この言葉をそのまま受け止めれば、よりはっきりと、アルマビーバ一家の歴史という考えが初めからボーマルシェの頭にあったことがわかる。

しかしながら、作者の考え、意図とは裏腹に、三部作は一人歩きを始め、ついには、今日、『罪ある母』の存在を知らぬ人々が非常に多いのも事実である。いかにしてこのような現象が生じたのか、フランス喜劇の伝統に沿った『セビーリャの理髪師』や、歌と踊りをふんだんに取り入れた総合演劇『フィガロの結婚』の二作品の魅力や生命力はどこから来ているのか、それに対してディドロの演劇美学に基づいた第三作がなぜ今顧みられることが少ないのかを探るのが、この第二部の目的である。

第一章『セビーリャの理髪師、あるいは無駄な用心』喜劇四幕、一七七五年初演

作品上演にいたるまで

一七六四年五月から約一年にわたるボーマルシェのマドリード、アランフェスを主としたスペイン滞在が、フィガロ三部作、とりわけ第一作『セビーリャの理髪師』創作に大きな影響をもたらしたのは明らかである。

彼が著した『一七六四年スペイン旅行記断章』によれば、この旅行は父親の代理として、スペイン在住の姉と結婚の約束をしながら心変わりして彼女を捨てた男への復讐の旅ということになっている。だが、実際は全く違って、半生の恩人である豪商パーリ=デュヴェルネーとフランス政府の依頼によって、スペイン王室への使者になったもので、東インド会社を模した新会社設立とルイジアナ地方の経済開発をはじめ、イギリスとの七年戦争に負けたブルボン王朝による経済失地回復のためのいくつかの提案がその使命だった。ところが、この使命は結局失敗に終わり、彼は一七六五年三月末にスペインを発って帰仏する。

だが、この旅は別の形でボーマルシェに実りをもたらした。それは、彼が持ち前の快活な気性と豊かな社交性でスペイン社交界に溶け込み、貴婦人たちと浮名を流しつつ、スペインの歌曲や踊りの知識を得たことである。例えば、一七六五年一月二八日付けの父親宛の手紙には次のように書かれている。

「私はここで何度も楽しい夕食をとりました。スペイン風セギディーリャ——これはとてもきれいなヴォードヴィルですが、歌詞はくだらないものが普通です——これについて書いた詩を父上の奉公人を通じてお送りすることもできますが。当地ではイタリアと同様に、詩句はどうでもよい、音楽がすべてだと申しています。このような没理性的言動に私は怒り心頭に発しました。私は大流行しているメロディー、魅力的で、優しく、繊細なメロディーを選び、それに歌と同じぐらい見事な歌詞をつけました。人々は耳を傾け、私の意見に賛成し、どうか作詞をしてくれと口々に求めたのです。」

『セビーリャの理髪師』や『フィガロの結婚』でふんだんに取り入れられたスペイン音楽と踊りはスペイン社交界での活躍の間に仕入れたボーマルシェの財産となり、また、おそらくはフィガロやバルトロ、アルマビーバ伯爵の原型とも言える人物たちにもめぐり会ったのかもしれない。ヴィオラやフルート演奏だけでなく、ハープ演奏の巧みさによってルイ十五世の姫たちの音楽教師となったほど楽才に長けた彼のことである、スペイン音楽を身につける意欲と時間は充分にあったのであろう。

帰仏後の彼は、ディドロの「町民劇」理論に沿った『ユージェニー』（一七六七年）『二人の友』（一七七〇年）をコメディ＝フランセーズで初演したものの、一七七〇年、恩人パーリ＝デュヴェルネーの死去により、その相続人ラ・ブラシュ伯爵との十年にわたる裁判が始まり、それに付随した判事グズマン夫妻との係争による「譴責処分」などが原因で、王のスパイまがいの仕事までする羽目となり、『セビーリャの理髪師』の初演は遅れに遅れた。

一七七二年、最初、オペラ・コミックの形でスペインの民謡や踊り、歌の数々を取り入れた作品が、イタリア劇団から上演を拒否されたボーマルシェは、これを喜劇として書き直し、コメディ=フランセーズに上演候補作として受け入れられたのが，翌一七七三年一月のことだった。

当時、演劇作品が上演されるためには検閲官の許可が必要だった。十七世紀には高等法院や聖職者上層部、そしてその背後には国王ルイ十四世が君臨して目を光らせていたことは、モリエールの『タルチュフ』上演禁止のいきさつでも明らかだが、十八世紀に入っても、宗教関係者の力は強く、彼らは演劇作品検閲官の任命に大きな権限を持っていた。一七五七年には次のような法的手続きが定められた。すなわち、「ある戯曲が劇団側に受理され、上演されることになった場合、作者は司法当局の許可を得てから、配役を役者たちに割り振ることとする」。従ってヴォルテールのように宗教関係者から目の敵にされた作者は、絶えず上演不許可の危険にさらされていたのである。

ボーマルシェの場合、検閲官マランの許可がおりたにもかかわらず、この年に作品が上演されなかったのは、専ら彼の方の事情による。大貴族の愛人女優に手を出したばかりに、当の大貴族とまさにくんずほぐれつ大乱闘の末、牢獄入りとなったり、ラ・ブラシュ伯爵との係争の関わりでグズマン判事夫妻との闘いを展開したせいで、到底、時間的にも心理的にもそのゆとりがなかったのであろう。一七七四年二月、新たに検閲官アルトーの許可を得て、上演を企てたボーマルシェだったが、今度はグズマン判事夫妻への攻撃文書が災いして当局から上演禁止処分を受けてしまう。その後、王の密使としてロンドンからウィーンまで、ルイ十六世夫妻の醜聞を未然に防ぐための旅をしていた彼は、十月にパリに帰ってから改めて作品に手を加え、第三の検閲官クレビヨンの許可を貰って、ようやく、翌七五年二月二三日、コメディ＝フランセーズにおける初演の幕が開いたのであった。

紆余曲折を経て上演の運びとなっただけに、関心を惹かれた客は殺到したが、評判は散々だった。原因はボーマルシェ自身にあった。彼は四幕物としてあらかじめ書き上げた作品を、突然、上演数日前、五幕物に改変したのが裏目に出たのだ。親友ギュダンによれば、

「この喜劇は朗読された折にはわれわれを魅了したのだが、上演してみると冗長に思えた。過剰な才気は飽満をもたらし、聴衆を疲労させた。ボーマルシェは茂り過ぎた木の枝おろしを行い、一幕を削り、一幕目の一場面を二幕目に移し、作品にむらのない溌剌たる動きを与えたので、観客の注意を惹きつけたまま、細部にいたるまでの魅力を彼らに満喫してもらえたのだ。」

こうしてほとんどもとの形に戻った作品は、二月二六日に再度上演されて成功を収めたのであった。

作品について

「恋にのぼせた老人が、自分の後見する娘と明日結婚しようと決めている。彼より巧妙で娘を愛する若者が彼の先を越し、まさに結婚を予定した日に後見人の家の中、彼の鼻先で彼女を自分の妻にしてしまう（…）。

私としてはこのプランに基づいて肩の凝らぬ楽しい、一種の錯綜した筋立て芝居を書こうと思っただけなので、いろいろな企みを考え出す人物を腹黒い悪党にする代わり、おかしな男、企てが成功しても失敗しても同じように笑っていられるのんき坊主に仕立てることで、作品が深刻なドラマにならず、いかにも陽性な喜劇になるのに充分だと判断した。そして、その点だけから見て、後見人になる人物が舞台で騙される他の後見人たちより少々愚かではなくしたので、その結果、芝居の中にたくさんの動きが生じ、特に企む側の人物たちにより一層の気力、活力を与える必要が生じたのである。」（『セビーリャの理髪師』の失敗ならびに不評に関する節度ある手紙）

作者は自分の喜劇を独創的な筋立てで書いたわけではなく、むしろ、それまでにもよくあるような、若者の恋路を邪魔する恋敵の老人、老人の鼻を明かして若者の味方をする喜劇の下僕、可憐なヒロインという図式のもとにこの作品を書いている。フランス喜劇史の流れを見れば、このような主題はそれこそ多くあり、さらにイタリアからフランスに入ったイタリア喜劇にもたくさん見て取れる主題である。いや、演劇だけでなく艶笑譚のたぐいにも取り入れられている。古くは十七世紀中葉、真面目なテーマを意識的にパロディ化して人気のあったビュルレスク詩人スカロンが発表した『ヌーヴェル・トラジコミック』（一六五五年）の中の『徒労に終わった用心』に始まり、モリエールの『亭主学校』や『女房学校』、ルニャールの『恋の狂気』、スデーヌの『上手の手から水』など、ボーマルシェの時代まで先行作品、あるいは類似作品を見出すのは簡単である。

劇作上のテクニックのいくつかも、例えば三幕目に歌の先生の代理として変装した伯爵がヒロインにレッスンを授け、それに恋敵の医者が立ち会ううちに眠ってしまう場面など、恋敵とヒロインの父親の違いこそあれ、モリエールの白鳥の歌『病いは気から』の二幕目の場面を踏襲していることは一目瞭然である。そのように先人たちの業績を踏まえ、伝統的喜劇の作法に基づいた『セビーリャの理髪師』が成功を収めただけでなく、今日なお生気溢れた喜劇として知られる理由はどこにあるのか。

いくつかの理由が考えられよう。例えば、数少ない長台詞を除けば若い頃ポンパドゥール夫人の夫、総徴税請負人ルノルマン・デティオール家のサロンに出入りしていた時に作ったいくつかの道化芝居（parades）のように、歯切れよくテンポの速い台詞のやり取りが鮮やかに続いて観客を惹きつけるとか、ひとりひとりの登場人物の個性が溌剌と描かれるとかがあるだろう。だが、最大の理由は、波乱万丈の生涯を送ったボーマルシェの分身とも言える快男児フィガロの登場である。この愉快な、口も八丁手も八丁の下僕がこの芝居で担う役割は、アルマビーバ伯爵を助けて、貴族の孤児ロジーヌの後見人たる医師バルトロの鼻を明かし、ロジーヌと伯爵を結びつける計画を実行することだ。それには作者も言う通り、とんびに油揚をさらわれる後見人が極めて猜疑心に富み、用心深く警戒を怠らない人間であればあるほど、騙すフィガロの策略が鮮やかに浮かび上がる仕組みになる。この点は作者の独創であり、これが作品の興味を増したと言ってよかろう。二幕目の騎兵に扮した伯爵がバルトロにつけるいちゃもん、三幕目のバジールの弟子に扮した伯爵とロジーヌのレッスンを中心に仕掛けられる策略に、バルトロがどう反応するか、観客の興味は両者のやり取りに高まってゆく。一方、ロジーヌは決して単なるお飾りのヒロインではない。この芝居で女性の登場人物は彼女だけである。老女マルスリーヌは名前が出るだけで、ロジーヌを真ん中にしてすべての攻防戦が行われる。だからといって彼女はただ受身で待つのではない。バルトロにわからぬよう自分なりの努力を傾けて伯爵によかれと知恵をめぐらすのである。

スカロン『徒労に終わった用心』の主人公は、何人もの悪知恵の発達した女性に騙され幻滅した挙句、無知な娘と結婚して安心したのも束の間、妻の無知がもたらす浮気に裏切られ煮え湯を飲まされるコキュである。モリエール『亭主学校』の主人公スガナレルは、自己過信のあまりフィアンセに騙されて、それと知らずに恋の文使いを務めるし、『女房学校』のアルノルフは若いライヴァルの動きをすべて承知しながら、一人相撲の末、天真爛漫なヒロインの前に敗北を迎える。ルニャール『恋の狂気』の老後見人に至っては、狂気を装った娘とその後押しをする召使たちに大金を騙し取られた上に、娘も失うという散々な立場におかれる。

それに引き換え、『セビーリャの理髪師』における後見人の医師バルトロの警戒心は常に目覚めており、主人公たちの恋には大きな障害となる。その上、アルマビーバ伯爵にフィガロという軍師がついて次々と策略を思いつけば、片やバルトロにも、守銭奴ドン・バジールという参謀がついている。

この四人の特徴はそれぞれどうであろうか。まず**アルマビーバ伯爵**、彼は大貴族ではあるが、この劇では青春を象徴する若者として好意的に描かれている。アルマ（alma）はスペイン語で「魂」、ビーバ（viva）は「万歳」であり、人生の花盛りを迎えた青年に相応しい名前と言えるかもしれない。大貴族の常でこれまで決して品行方正な生活を送ってきたとは言い難いが、宮廷の浮ついた日常に飽きていた彼は、マドリードで偶然見かけた美女を忘れ難く、遠くセビーリャまで彼女を求めてやって来るという純情を失ってはいない。医師バルトロの妻だとばかり思っていたロジーヌが、フィガロの言葉でまだそうではないと聞かされた彼は、大貴族としての身分を隠し、自分自身の魅力で彼女の愛情をかち得て、結婚しようと心に誓う。彼は決して無能ではなく、フィガロの策略を頼りにバルトロという障壁を乗り越えようと努力を重ねる。首尾よくロジーヌの心を得たものの、一度はバルトロの策略で、彼女の怒りを買うが、誤解が解けるとともに、誠実な若者として首尾よく彼女と結ばれる。階級や身分の優位ではなく、医師バルトロにはない誠意と人間としての魅力によって勝利者となるのである。

フィガロはどうか。この芝居全体を通じて、伯爵の知恵袋となりバルトロとの闘いを取り仕切るのがフィガロである。伯爵の協力者という立場にある彼は、モリエールが生み出したスカパンや、マスカリーユのように、主人の窮境を救い、目的を遂げさせるイタリア喜劇伝来の抜け目ない下僕（servo astuto）の系列に属する、伝統的な喜劇の人物としての役割を持つ。だが、もしフィガロが単に伝統的な喜劇の下僕としての姿だけを示していたら、これほど颯爽たる生命力を持つことは不可能であったろう。

フィガロという名前が、Fils+Caron すなわち、カロンの息子（ボーマルシェはアンドレ=シャルル・カロンを父に、本名をピエール=オーギュスタン・カロンという）のもじりであるかどうかはさておいても、作者は幕開きでフィガロに経歴を語らせる時から、すでに魅力に満ちた己の分身を生み出す努力を傾け、みごとに成功している。

「マドリードじゃあ文壇てのは狼どもの巣窟で、絶えずたがいに牙をむき合ってるんだってことや、虫けらや薮蚊、家蚊だの批評家だの、ブヨだの妬み屋だの、ぶん屋に本屋、検閲官、それに哀れな文士の肌にとりついて、ずたずたに切り裂き、なけなしの中身を吸い尽くす連中全部が、お笑いでしかない激しい敵意に導かれて軽蔑し合うのに熱中してるんだってことがよくわかりまして。書くことに疲れ、自分にうんざりし、他の連中にはすっかり嫌気が差し、借金はかさむ、財布は軽いで、結局、かみそりによるしっかり役立つ収入の方がペンによる虚しい名誉よりもずっとましだと確信しまして、私はマドリードを離れました。荷物は振り分けて肩に掛け、新旧両カスティーリャから、ラ・マンチャ、エストラマドゥーラ、シエラ・モレナ、アンダルシアと心静かに晴れ晴れと歩き回りました。ある町では歓迎され、他の町では豚箱入り、どこでも何事が起きようと超然とした態度、ある人々には称賛を受け、他のやつらには非難されました。ついてる時には勢いよく、駄目な時にはじっと耐え、馬鹿者どもは鼻であしらい、悪党には喧嘩を吹っかけ、自分の貧しさは笑い飛ばし、どなたさまのおひげでもあたります。で、とうとうこの通りセビーリャに落ち着いて、またしても御前さまのご命令とあらばなんでもお仕えすべく用意ができております。」

一幕第二景で伯爵の質問に答えて再会までの暮らしぶりを語るこの台詞は、次作『フィガロの結婚』第五幕の長台詞と通底するもので、人物フィガロが、生来ありあまる文才を持ちながら、その才能を発揮しようとすると嫉妬深い連中からつまはじきされ、悲惨な目に遭い、ようやく食える算段と言えば床屋のかみそりによる収入だけという損な役回りであるのを紹介するだけでなく、野心も才能も人に抜きんでて持ちながら、庶民の子であるばかりに自由な精神の発展を妨げる社会的偏見と階級の壁によって、危うくラ・ブラシュ伯爵とグズマン判事に葬り去られかけたボーマルシェの姿を観客の目にダブらせてくれる。

実際、フィガロの台詞の中で、「薮蚊」maringouinという語はこの作品の最初の検閲官でラ・ブラシュ伯爵の味方だったマランMarinのもじりだし、初演を酷評した「批評家」や「ぶん屋」

たちに対する作者の猛烈な反発は『セビーリャの理髪師』の失敗ならびに不評に関する節度ある手紙」で明らかだからだ。また、「他のやつらには非難され」blâmé par ceux-là という台詞に、当時の観客はたちまち作者が対グズマン裁判で受けた「譴責処分」blâme を脳裏に思い浮かべたに相違ない。「悪党には喧嘩を吹っかけ」とは、ボーマルシェが青年期以来さまざまな形で闘ってきた相手だと考えて差し支えあるまい。人間の価値は能力にこそあると信ずる彼自身の生きざま、ひいてはフィガロの生きざまは、この芝居で相手になる医師バルトロやオルガン弾きバジールが体現している卑しさや身勝手と対極にある。伯爵に「誰からそんな陽気な哲学を習ったんだ」と聞かれたフィガロが、「日頃の不幸からでございますよ。涙するのが嫌なばかりになんでも急いで笑い飛ばすんで」と答える心意気は、これまた数々の挫折を経験しながら、ペシミズムとは無縁の生涯を送ったボーマルシェの人生観そのものであろう。

ただし、『セビーリャの理髪師』のフィガロと『フィガロの結婚』のフィガロとでは人物設定の上で違いがある。それは、第一作において、彼は若い伯爵とは異なり、すでに、娘を持った父親とされていることだ。二幕第十一景で伯爵に書いた返事の手紙をバルトロに疑われたロジーヌが苦し紛れに、フィガロの娘にキャンディーを包んでやるのに紙を使ったと言い逃れるところで、観客はフィガロには少なくとも小さな娘がいると知るのである。ある程度の思慮分別、世間知も備えた男、所帯持ちという想像をしても許されよう。だが、その後の二作においてこのフィガロの娘は全く登場しないし、『フィガロの結婚』ではまさに彼とシュザンヌの結婚当日の話になる。

フィガロがそれまでに所帯を持っていたとか、まして、子持ちの男性などという気配はどこにもない。おそらく作者は、第一作でフィガロの設定をするにあたり、軍師として活躍する彼を伯爵との対比上、ある程度の年配に仕立てたのではないだろうか。フィガロの娘がロジーヌの台詞に出てくるだけで、実際には舞台に登場しないだけに作者の意図はそのあたりにあったのではないかと思われる。

次に**バルトロ**である。自分が後見する貴族の孤児ロジーヌへの恋情を結婚という形で貫徹するために彼が取った手段は、教会のオルガン弾きでロジーヌの歌の教師であるドン・バジールを味方に引き込んで、明日にでも法律上の手続きを済ませようとすることであった。ボーマルシェが言う通り、他の劇作品に登場する後見人たちのように騙されやすい男ではない。イタリア語のバロルド（balordo「愚か者、のろま」の意）を連想させるバルトロの名も彼の性格を表すものではない。その猜疑心は常に目覚めており、用心深く、騙されにくい。主人公たちの恋には大きな障害となる。

とはいえ、彼にはおよそ恋の勝利を得られるような資質が何ひとつ備わっていない。何よりもまず、彼は若さを失った頑迷な保守主義者の医師である。

「今の時代が何か褒められるようなものを創り出したか？　何から何までばかばかしいことだらけ、やれ思想の自由だの、万有引力だの、電気だの、信教の自由だの、種痘だの、キンコナ樹皮

だの、百科全書だの、その上ドラマときてる」（一幕第三景）

十八世紀のフランスは周知のように啓蒙の時代であり、理性の光が社会に浸透する時代であった。宗教関係者がいかに目を光らせ、弾圧しても、人間の理性、進歩を信じた思想家たちを黙らせることはできなかった。この作品の舞台がスペインであることは、時代を語る時の作者に制限をもたらさない。彼はフランスの観客層に向けて発信しているという確たる姿勢を保って、バルトロに上記のような台詞を言わせるのである。十七世紀の末頃ニュートンによって発見された万有引力は，ヴォルテールの『イギリス書簡』によって一七三四年以降フランスでも知られるようになったし、電気の伝導性、電極などは十八世紀を通じて知られ、世紀末、フランクリンの実験に至る。人痘による天然痘の予防接種は一七二一年にコンスタンチノープルからロンドンに伝わり、パリには一七五五年に伝えられた。キンコナ樹皮はキニーネの原料である。それだけでなく、人間の文化全体に関わる『百科全書』は一七七二年に完成、ドラマはすでに述べたようにディドロの演劇美学に基づく十八世紀の劇ジャンルである。これら時代を象徴する発明、発見などや思想の自由、信教の自由を全部ひとからげにして切り捨てるバルトロがいかに進歩と無縁の旧弊な医師であるか、論をまたないだろう。しかもその上、彼の外見、性格はフィガロに言わせれば、「見事なでぶで、ちび、年寄りのくせに気だけは若く、ごま塩頭、ずる賢く、ひげはそり落とし、何事にも心を動かさず、人を窺ったり、嗅ぎ回ったり、ぶうぶう言ったり、泣き言を言ったり、そんなことを全部一緒にやってのける」し、性格は「荒っぽくて、どけち、後見している娘さんに首ったけで、めちゃくちゃに嫉妬深いんです」ということだから、フィガロの誇張が入っているとしてもおよそ若い娘に好かれる要素はひとつもない。それだけに、バルトロは金さえ払えば自分の意に沿ってくれるオルガン弾きのドン・バジールを頼りにする。だが、それも、フィガロに貸した百エキュを返してもらえないといつまでも根に持つ男だけに、バジールに対する払いも決してよくはない。吝嗇という点では人後に落ちない。彼の願いはただ一つ、後見人としての権利を振り回してロジーヌを監視の下に置き、その権利を濫用して彼女を妻にすることである。その執念とエゴイズムは四幕第一景で、愛してくれない女と結婚するのはろくなことにならないからやめてはと勧めるバジールに向かって彼が吐く台詞にはっきりと表れる。

「わしのものになってあの娘が泣く方が、ものにできずにわしが死ぬよりよっぽどました。」

そんなバルトロに従って、結婚をお膳立てするのが教会オルガン弾きの**ドン・バジール**である。バジールの特徴は何か。まず金の亡者であることだ。金さえ貰えば親でも平気で裏切りかねない。二幕第八景でバルトロに向かって、法律に物を言わせて結婚したいなら資金をけちるなとねだることから始まり、三幕第十一景では自分の弟子に化けた伯爵に財布をつかまされておとなしく引っ込むし、四幕第七景では、伯爵に重い財布を渡されると嬉々として結婚の証人としての署名を引き受ける始末である。バジールのこの根性が結果的にバルトロを裏切り、伯爵の勝利を決定づける。

これだけならまだしも、その卑しい人間性を観客に示すのは二幕第八景で、恋敵の伯爵を排除する方法はないかとバルトロに尋ねられて答える、有名な「中傷」の台詞である。

「…いいですか、どんな下らん悪口でも、身震いするようなぞっとする話でも、馬鹿げた作り話でも、うまくやりさえすれば都会の暇人どもは必ず真に受けますからね。（…）最初はまず、ほんのちょっとした噂を、嵐の前につばめが地面をかすめて行くように、ピアニシモでつぶやき、そっと消える、そして走り去りながら毒を塗った矢を振りまく。誰かの口がそれを拾い、ピアノ、ピアノで上手に人々の耳に注ぎ込む。これで災いは根付きました。そいつは芽を出し、這い出し、歩き出す。そしてリンフォルツァンド*で、口から口へと猛烈に広まる。それから突然、どういうわけか、中傷というやつがすっくと立ち上がり、口笛を吹き、膨れ上がり、みるみるでかくなる。突進し、飛ぶ範囲を広げ、竜巻を起こし、巻き込み、根こそぎにし、引きずり、爆発し、轟きわたり、ありがたいことには、全体の叫び声、大衆のクレッシェンド、憎しみと排斥の大コーラスになるんです。いったい誰がこいつに対抗できますか？」

洋の東西を問わず、この台詞にある中傷によって昔からどれほど有為な人材が表舞台から葬られてきたことか、今日でも無責任なメディアによって同様の中傷を浴びせられ、大衆から疎んじられて消え去って行く才能ある人間は数多い。中傷の恐ろしさをこれほど如実に示した台詞も珍しいが、平然とこれを語るバジールの悪知恵、卑しさはたとえようもないほどだ。この台詞はやがてロッシーニのオペラでも、ドン・バジリオのアリアとして世界中に広まることになる。

それだけにバルトロとドン・バジールのコンビは強力だが、金を使ってそのコンビを分裂させ、バルトロを孤立させるのはフィガロと伯爵のコンビである。

可憐なロジーヌを間に挟み、ふたつのコンビが相争い、最後には勝利の女神が伯爵側に微笑む。一幕から四幕まで手を変え品を変えてバルトロを攻め立て、彼女の愛を手にしかかった伯爵だが、バルトロの「中傷」に騙されたロジーヌによって危うく敗北しかかる。しかし、彼女の誤解が解けることでバルトロのそれまでのすべての用心が無駄に終わってしまうのである。

二幕第十六景で「人を不当に扱う男っていうのは、どんなにうぶな娘でも、しまいにはずる賢い女にしてしまうんだわ」とつぶやくロジーヌの言葉がいみじくも語っているように、自然の摂理にそむく頑迷なバルトロの敗北は自明の理であったのだ。

＊ ひとつの音符や和音に急激なアクセントを付けて演奏せよという指示

第二章『てんやわんやの一日あるいはフィガロの結婚』一七八四年初演

作品上演にいたるまで

一七七五年の『セビーリャの理髪師』初演から、一七八四年の『フィガロの結婚』上演までは九年の時が流れている。この間ボーマルシェの人生はどれほど激しいものであったか。一七七五年十月には敬愛する父を失い、その痛手も癒えぬ翌一七七六年にはアメリカの独立戦争支援のために商社を設立して物資を新大陸に送る一方、高等法院による譴責処分の取り消しをかち得て社会的に復権する。一七七七年には劇作家協会を発足させ、それまで作者の権利を無視して利益をむさぼっていたコメディ゠フランセーズの役者団と渡り合う。一七七八年夏にはついにラ・ブラシュ伯爵との争いに勝訴、八年にわたる法廷闘争にけりをつける。そしてこの年には『フィガロの結婚』の草稿も完成する。一七八〇年には尊敬する故ヴォルテールの全集を出版するために、弾圧を受けるフランス国内を避け、ストラスブールからライン川をまたいで一キロ、ドイツ側の町ケールに活版文芸社を設立して出版事業を始める。一七八一年にはついに『フィガロの結婚』がコメディ゠フランセーズに受理されるのだが、それから上演までがこれまた紆余曲折を経ることになる。

まず、作者にこの作品の執筆を強く勧めた王の外戚コンチ大公に言及する必要がある。十七世紀のコンチ大公は宗教秘密結社の聖体秘蹟協会に入ってモリエールを敵視したが、その子孫である彼はエピキュリアンで無神論者として知られていた。大公は司法官時代のボーマルシェと小さな係争を通じて知りあったが、大貴族を相手としてもひるまず、理路整然と誠意を尽くして対応のできる彼と意気投合して、終生変わらぬ友情と庇護を与えた人物であった。

「口やかましい連中や嫌がらせによって被害を受けた作家でも、自作が立派に成功すれば元気を快復するものだが、この私もその通りになった。(…)今は亡きコンチ大公は私に向かって、『セビーリャの理髪師』の芝居以上に陽気な——と大公は言われた——その序文の中身を芝居にして、私が序文で紹介したフィガロ一家を舞台に出現させてほしいと、人々の前で強く求められた。『殿下』、私は答えた。『私が再びこの人物を舞台に出しますと、もう少し年長に致しますので、さらに少々物知りになりますから、またまた別の騒ぎがおきかねませんし、彼が日の目を見られるかどうかわかりかねます』。とはいえ、大公への敬意から私は挑戦に応じてこの『てんやわんやの一日』を書いた。それが今日、物議をかもしている。」(『フィガロの結婚』序文)

こうしたいきさつから書かれた作品だが、上記の中で「私が序文*で紹介したフィガロ一家」という文言には注意が必要だろう。すでに『セビーリャの理髪師』出版時に作者はバルトロ、マ

＊　ここで作者の言う序文とは「『セビーリャの理髪師』の失敗ならびに不評に関する節度ある手紙」のこと。

ルスリーヌ、フィガロの三者の関係に言及しているのだ。作品は出版されたのが一七七五年五月末だったが、この時は序文がなく、七月末に再版された折につけられたものである。

少々長いのでかいつまんで紹介すると、『セビーリャの理髪師』の幕が降りた後、舞台の続きとしてバルトロとフィガロは、フィガロが借りた百エキュをめぐって口論、殴り合いとなり、はずみでフィガロのヘアネットが外れると、そのそり上げた頭にへら状の焼印が表れる。それを見たバルトロは夢中になって「せがれ！　愛しいせがれよ！」と叫ぶのだが、耳を貸さないフィガロはバルトロを散々な目にあわせる。さらに続く文章では、

「このフィガロは、自分の家族として知っていたのは母だけだったが、実はバルトロの私生児である。この医者は若い頃奉公人の娘との間にこの子をもうけたのだが、無分別にも彼らを奉公の境遇から無残に捨て去ってしまった。

だが彼らと別れる前に、心痛んだバルトロは、当時外科医だったので、手術用のへらを焼いて息子の後頭部にしるしをつけた。もしも運命がいつか彼らを再会させてくれたら息子だとわかるようにである。母と子はその後六年、物乞いを強いられるほどの貧しさに陥ったが、その頃ジプシーの長がグループを率いてアンダルシアを通り、母親から息子の運命を尋ねられ、ひそかに彼をさらっていった。（…）」

とあるのだ。頭部と右腕の違いこそあれ、へらのしるしによって、ボーマルシェは『フィガロ

の結婚』を書く以前から、バルトロがフィガロの父親であることを公表している。それだけに作品中の親子認知の場面は、観客の意表をつくというより、どのような形で効果的な出会いを作者が作るか、上記の文章を読んだ観客の方が心待ちにしていたとも考えられる。

また、大公との対話でフィガロをもう少し年長にすると述べた作者であるが、この点にはそれほどこだわっていないと思われる。第一作で言及された「娘」については一切触れていないし、むしろ、シュザンヌとの結婚を目の前にした彼は、四幕の終わりに自分が生を享けて三十年という台詞を口にするが、前作と変わらず世間の波にもまれつつ知恵の宝庫となった人間として魅力を保ち続けるのみか、愛するシュザンヌを得て若さをも取り戻したかに見える。

上演までのいきさつに戻ろう。一七八一年当時、すでに名を知られた劇作家であったスデーヌは、作者から作品を渡されて読んだ上、フィガロとボーマルシェは同一人物と思えるほどで、実に楽しく、魅力的な作品だとの印象を語る。同年九月に、当時オペラ・コミックに客足を奪われて興行成績が上がらず、局面打開を狙っていた、コメディ＝フランセーズの上演作品決定委員会が、満場一致で『フィガロの結婚』を受け入れた。

周囲の反応の良さに気をよくしたボーマルシェは、警察長官ルノワールに作品の検閲申請を行い、演劇愛好家のコント作家コクレーが検閲官に指名された。コクレーの判定は好意的で全体にみなぎる陽気さは「時として艶だねに近づくが決して露骨にすぎることなく」、そもそも政治的陰謀のたぐいはいつでも「控えめで暗く、陰険な人々によって企てられ、実行されるものだから」

作品にはなんの危険もないとして、上演許可が与えられる。

宮廷内にも故コンチ大公から作品の話を聞いていた支持者たちがおり、彼らから要請を受けたルイ十六世は，自分で判断するために作品を取り寄せた。そして、王妃付きの筆頭女官だったカンパン夫人に朗読を命じ、王妃マリー・アントワネットも同席した。おそらく王としても，かつて、自分たち夫婦のスキャンダル封じのためにヨーロッパ中を駆け巡ってくれ、アメリカの独立支援にも活躍するボーマルシェに好意的配慮をするつもりだったのだろう。しかしながら、結果は全く正反対になった。

カンパン夫人の「回想録」には次のように記されている。

「私が読み始めると、国王はたびたび称賛や非難の声を上げられて朗読を中断なさった。一番多く叫ばれたのは次のようなことだ。

『これは悪趣味だ。この男は絶えず舞台にイタリア風の奇抜な表現を持ち込む癖がある。』

フィガロの独白の部分で、彼は行政のさまざまな分野を攻撃しているが、とりわけ国内の牢獄をやっつける台詞のところで、国王は激しい勢いで立ち上がられ、こう言われた。『これは唾棄すべきものだ。絶対に上演は許さん。この芝居を上演しても危険で無分別な行為ではないということになるには、まず、バスティーユ牢獄を破壊するのが先だろう。この男は政府の中のあらゆる尊敬すべきものを愚弄している。』『では上演いたしませんの?』王妃がお尋ねになった。『そう、絶対に。確信してよろしい。』と国王は答えられたのだ。」

ルイ十六世としてはバスティーユに関する自分の発言が十年も経たぬうちに実現しようとは露ほども思わなかったろう。彼はすぐさま国璽尚書ミロメニルに手紙を送って、作品の上演および出版を禁止したのである。

さすがにボーマルシェも落胆したとみえ、

「作品の助産医たる役者たちはすっかり準備ができていた。パリでは検閲官が私の腹をなで探り、腹の子は順調だと述べたのだが、その後、ヴェルサイユで、二、三の臨床医が腹の子の状態が良くないと主張したために逆子にされてしまった。」

と、自作を胎児にたとえてユーモラスに感想を述べたものの、印象を和らげるための努力として舞台をフランスからスペインに移すなど手を加えた上、抵抗を開始する。

「きちんと読まれようが、杜撰《ずさん》に読まれようが、あるいは意地悪い批評をされようが、とにかく作品は唾棄すべきものと思われたのだ。しかもこの私には自分のどこが罪深いのかさっぱりわからない。なにしろ、習慣ということでなんにも説明を受けなかったから、私としては審問の場にいながらも自分の罪を推察しなければならず、自分がそれとなく粛清されたのだと判断した。だが、宮廷から粛清されたことがかえって街中の好奇心をあおる結果となり、私は数限りない朗読を強いられる羽目になった。」

実際にはこの朗読を強力な武器としたのはボーマルシェの方だった。十八世紀は前世紀と異なり、世論の形成がヴェルサイユ宮廷からパリ市中の社交サロンやカフェに集う人々に移っていたから、彼は巧みな朗読によってこれらの貴顕淑女たちを味方にする。前記カンパン夫人の言葉を借りれば、

「毎日のように、人々がボーマルシェの芝居の朗読を聞きましたとか、これから聞くのですとか言う声が聞こえていた。」

だが、ボーマルシェは最初のいくつもの朗読で評判を得ると、今度は作品の原稿を引き出しにしまいこんで、これ以上の宣伝は作品上演を禁止した国王の意にそむくことになるので、もしどうしても作品を知りたければ国王の許可を得てもらいたいと公言したのである。この作戦が当たり、ますます好奇心を刺激された大衆だけでなく、外国の王族までもが動き始める。一七八一年十一月にはロシア女帝エカテリーナ二世がロシアでの上演を狙ってボーマルシェに作品提供を依頼する。この時はパリ初演にこだわったボーマルシェが応諾しなかったが、翌年五月、ロシア大公夫妻やリシュリュー元帥夫妻の前で成功裡に朗読を済ませたボーマルシェは、警察長官ルノワールに二人目の検閲官申請を行う。申請の契機になったのは、特にリシュリュー元帥邸での朗

読の折にカトリックの大司教や司教たちも列席していて、

「方々は作品をこの上なく楽しんでくださった後、かたじけなくも、公序良俗を害するような台詞は一言もないと発言してやろうと私に約束してくださった。」

からである。ところが、意気軒昂たるボーマルシェの前に立ちはだかったのは、社交界で名を知られたアカデミー会員シュアールだった。二人目の検閲官に指定された彼は、国璽尚書ミロメニルの意を体して、『フィガロの結婚』を反道徳的と判断し不利な判定を下す。シュアールの判定は悪意が込められた主観的判断だったかもしれないが、一七八〇年代のフランス社会の状況を思えば、彼は作品の持つ危険性をルイ十六世同様に感じ取ったとも思われる。

アメリカ独立戦争に刺激を受けた民衆のエネルギーが社会に蓄積されつつある一方、啓蒙思想が貴族社会にまで浸透していたから、貴族たちの中には、『フィガロの結婚』の主人公の痛快な才気や、権威をものともせぬその不屈さを愛して、作品上演の後押しをする者が絶えなかった。彼らは、王を頂点とする旧制度がまもなく崩壊し、自分たちもフィガロの分身たちの攻撃の的になって没落するとは夢にも思わなかった。だからこそフィガロの辛辣な台詞に酔いしれて、作品の底を流れる、権威否定、身分制度批判に気づかないか、あるいは気づいても無害なものと高を括るか、いずれにせよのんびり構えていたのだ。

作者ボーマルシェがこの点をどのように考えていたかは、議論の分かれるところかもしれない。

いずれ、作品論で検討するが、少なくとも、ボーマルシェ自身は宮廷で出世の階段を一歩一歩上っていった人間であり、妻の領地の名を取って、貴族風に名乗ったりしただけに、能力主義は掲げても革命的思想の持ち主とは言い切れないところがある。

それだけに『フィガロの結婚』は作者の予想しなかった性格を帯びた鬼っ子的な作品だったとも言えようか。その点は、凡庸と言われたルイ十六世の方が、作品の危険性を感じ取っていたのかもしれない。

上演禁止は、翌一七八三年も続く。だが、ボーマルシェに好意的だった王弟アルトワ伯爵が王に迫って、内輪での上演を愛好家だけで行うとの黙許を取り、その後コメディ＝フランセーズの役者たちにも応援を頼む形で、六月十三日にパリの王室娯楽劇場での上演が発表される。このことはたちまち貴族社交界の評判となり、切符はすべて捌《さば》かれていよいよ幕が開けられようとした時、ルイ十六世の禁止命令が下された。王の決定は上演直前だっただけに反発も強かった。

「国王のこの禁止令は公共の自由への侵害と思われた。期待がすべて裏切られたことが大きな不満を引き起こし、圧制とか専制とか言う言葉が、王権失墜に先立つ日々の中でもこれほど熱を込めて激しく語られた日はなかった。」

とカンパン夫人が裏付けているように、ルイ十六世は追い詰められた形となる。九月に入り、ボーマルシェは三人目の検閲官を申請し、アカデミー会員の歴史学者ガイヤールが指名される。

彼は謹厳実直との評判で知られていたが、作品に好意的報告をまとめて、上演への後押しをする。国王としても内輪での上演を差し止める根拠が失われた以上、同月二六日、ヴォドルイユ伯爵の別荘でアルトワ伯爵を主賓とする、約三百人の貴族の前での上演を許可せざるを得なかった。

国王はしかしまだもう一度粘ってみせる。ボーマルシェがコメディ゠フランセーズの上演目録に載せる許可を迫ったのに対して、頑としてこれを拒んでみせたのだった。加えて、四人目の検閲官として選ばれたグイディは三十年間劇場に足を踏み入れたことがない信心家で、作品がモラルにそむくものであるとの報告を出してしまう。ボーマルシェは自作の説明のために面会を求めるが、グイディは門を閉じて会おうとはしなかった。しかし、もはや大勢は上演許可の方向へと動いてゆく。一七八四年に入ってまもなく、ボーマルシェが自分の支持者である国務大臣ブルトゥイユ男爵に送った手紙には、上演許可のだめ押しを狙う意志がありありと感じ取れる。

「上演に反対する人々の気持ちをしずめようとして、私はまたルノワール長官に新しい検閲官を要請いたしました。長官は返事をくださり、作品はすでに検閲を受け、二度にわたって許可を得た以上、国璽尚書閣下も、検閲手続き、作者ともに法的問題はなく、残っているのは王室娯楽劇場での王の禁止令解除だけで、長官は国王陛下にこの件で書簡をお送りくださったとのことでありました。二か月後長官から、陛下が御書簡を賜って、作品にはまだあってはならぬものが残っており、あと二名の検閲官が必要である、また、作品が長過ぎるとも聞くが、作者は容易にこれを訂正できようとの御指示だったと伺いました。また長官は、御親切にも、陛下の御書簡は新しい検閲が終了次第、上演禁止を解除するとのお墨付きだとつけ加えてくださり、それで私の心は慰められました。」

そして五番目の検閲官として作家デフォンテーヌが任命され、彼は作品を熟読玩味した上で、二、三箇所の削除と表現を和らげること、少しの手直しで上演に差し支えないと結論付けた。彼は作品の素晴らしさを理解し影響を受けたのであろう。数年後、『シェリュバンの結婚』という作品まで残している。

最後の検閲官は劇作家のブレであった。彼は作品には何ひとつ問題なくそのまま上演して差し支えないと結論を下す。これで本来ならすべての手続きが終わったはずだが、ボーマルシェはさらに完膚なき勝利を求めてだめ押しをする。作者と諮ったブルトゥイユ男爵は国務省内にアカデミー会員、検閲官、社交界や宮廷内の識者たちを集めて文学法廷を開催し、五幕にわたる作品の隅々まで検討対象とした。この奇妙な法廷は三月に開かれて参加者全員の承認を得る。その上でボーマルシェは次のような手紙をルイ十六世に送る。

「これほどまで不当に攻撃された作品を弁護しようとする意欲が徐々に強まりました結果、作者と致しましてはブルトゥイユ男爵殿に懇請し、公平かつ有識のアカデミー会員、検閲官、文学者、社交界、宮廷の貴顕紳士方より成る一種の法廷を形成していただき、男爵殿主宰のもと、この芝居の原則、内容、形式、文体を、場面ごと、言い回しごと、言葉ごとに検証してくださるようお願い申し上げました。ブルトゥイユ男爵殿はこの厳格な最終審に快く立ち会われ、作者が一言の不満も洩らさずに、三名の検閲官が承認の条件として求めた修正を行った後、さらに、節度と審美眼を有するこの法廷が削除すべしと判断したものは、片言隻語に至るまで取り除いたことを、陛下にご報告できる立場におられます。(…)

作品がかような状態にあります以上、作者と致しましても俳優諸氏ともども、陛下に公演のお許しを懇願する次第でございます。

コメディ゠フランセーズの俳優諸氏は長い間、高収入を上げ得る作品に恵まれておりません。彼らは苦しんでおります。それゆえ、『フィガロの結婚』に寄せられる大衆の激しい好奇心は、彼らに大成功を約束しているものと存じます。」

六度にわたる検閲は、今やボーマルシェの信用状と化して王に迫り、有識者たちがお墨付きを与えたものを否定すれば王は完全に孤立する。その上、役者たちの生活までかかっているとなればなおさらのこと、さしも粘ったルイ十六世もついに市中公演を許可し、『フィガロの結婚』は一七八四年四月二七日、歴史的な初演を迎える。

この日のコメディ゠フランセーズの大混雑を伝える役者フルーリの回想録を引用しておこう。

「切符売り場が開く十時間も前に、全パリ市民が劇場の木戸口にやって来たようだった。ボーマルシェにとってはなんという勝利だったろうか！　大騒ぎが彼の性に合っていたとすれば、もののみごとにそれを起こしてくれた。彼の背後につきしたがったのは、いつもの芝居好きや物見高い連中だけでなく、宮廷全体、それも名家の貴公子や王家の王子方であった。ボーマルシェはたった一時間のうちに五十通にものぼる要請状を受け取ったが、それらの人々はまるでひざまずかんばかりにして作者から切符を入手し、さくらの役を引き受けたがっていた。十一時にはブルボン大公妃の従僕たちが窓口に派遣され、四時にならないと始まらないという切符の売り出しを待つありさまだった。（…）大部分の入場者は切符が手に入らず、木戸番に代金を投げて通ったのである。」

上演は大成功し、コメディ＝フランセーズの財政は好転した。『フィガロの結婚』は初演以来、一七八五年二月までに七十三回の公演を行うほどだったが、フィガロ役者ダザンクールの病気，女優の妊娠などで公演を中断した後、八月に再開された。だが、さしもの成功作も五か月以上舞台から消えていては、最初の勢いを取り戻すのは難しく、上演回数も一七八五年八月以降は七回、翌八六年十三回、八七年から九〇年までわずか十八回を数えるのみである*。

作品の評価はむしろ他国で高まり、オランダ、イギリス、ポーランドで早くから上演され、ドイツ語、オランダ語、英語、ポーランド語、ロシア語に訳された。モーツァルト不朽の名作オペラの台本作者ダ・ポンテも『フィガロの結婚』に魅せられた一人であり、ウィーンにおけるオペラ初演は芝居の初演からわずか二年後の一七八六年五月一日だった。

作品について

前作『セビーリャの理髪師』が十七世紀以来の喜劇の伝統に基づいた手法で書かれ、登場人物も召使などの付随的な数人を除けば男性四人女性一人だったのに対し、この『フィガロの結婚』では主要登場人物だけでもアルマビーバ伯爵、フィガロ、バルトロ、バジール、シェリュバン、アントニオの男性陣にアルマビーバ伯爵夫人、シュザンヌ、マルスリーヌ、ファンシェットの女性陣、計十人という多さである。その上、歌や踊りなどがふんだんに盛り込まれて一大スペクタクルと化した喜劇で、筋も複雑になっている。

とはいえ、個々のテーマについてボーマルシェが先人の業績を巧みに利用しているのは、前作と同じである。例えば領主の初夜権についてはヴォルテールの同名の芝居が一七六二年に書かれたし、二幕目の小姓をめぐる伯爵夫妻のてんやわんやはロション・ド・シャバンヌ作の喜劇『幸いにも』(一七六二年演)、ヴァデ作のヴォードヴィル『潮どきに』(一七五四年演)がそっくりである。

＊ プレイヤード版ボーマルシェ作品集によると、コメディ゠フランセーズにおける上演回数は十八世紀に百十六回、十九世紀に六百九回、二十世紀は一九八三年までの統計によると五百二十四回であると言う。

り、また古くは『セビーリャの理髪師』のヒントになったスカロンの『徒労に終わった用心』にも類似の場面が描かれている。さらに、ニヴェル・ド・ラ・ショセの評判作『当世風の偏見』（一七三五年演）には浮気心に捉われた亭主をやりこめるテーマが扱われている。また主人と召使の二人の間で劇行為の進展が繰り広げられると言えば、これはもうモリエール、マリヴォー、ゴルドーニなど大作家たちの喜劇の常道だった。

だが、ボーマルシェは快男児フィガロを接着剤として各場面を巧妙につなぎ合わせ、生気を与え、かつ、前作同様、闘いのテーマを中心に据えて作品全体に迫力を与えている。その闘いのテーマもいくつにも広がって、芝居に幅を持たせている上、マルスリーヌを活用して町民劇の美学をも取り入れている。

ここで、演劇史家ランティヤックがボーマルシェ自身のシノプシスを遺族から借り受けて公表したものを紹介しよう。

「アグアス・フレスカス館の管理人フィガロは、館の雑用係マルスリーヌから一万リーヴルの金を借りて、期限内に金を返すか、さもなくば彼女と結婚するとの証文を渡す。その一方、アルマビーバ伯爵夫人の若い侍女シュザンヌに首ったけのフィガロは、彼女とまもなく結婚しようとしている。それというのも、伯爵自身が若いシュザンヌに惚れていて、持参金をやるとの約束で彼女を釣って、ひそかに彼女から『領主の権利』によるお初穂を頂戴しようともくろみつつ、この結婚話を進めているからだ。ところで、この『領主の権利』は、自身の結婚に際して伯爵が領民に返し、放棄したものである。家庭内でのこのちょっとした企みを伯爵のために進めているのは、館の音楽教師バジールである。しかし、若く誠実なシュザンヌは、伯爵の浮気心を女主人とフィアンセに知らせるべきだと考えた結果、伯爵夫人、シュザンヌ、フィガロ三者が結束して館の殿様の計画を挫折させようということになる。館の皆から好かれているが、茶目っ気たっぷりの小姓がいて、十三、四歳の才気ある少年によくあるように、熱しやすく、おかしな真似をしでかして主人から逃げまわるが、時に生来の威勢よさや浅はかさから、一度ならずその気はないままに伯爵が事を進める邪魔となってしまう。当然、小姓の方も伯爵に邪魔される羽目になるので、芝居の中ではなかなか面白い出来事が持ち上がる…結局、伯爵は自分がからかわれていると知り、皆の出方はわからぬまま、マルスリーヌの訴えを取り上げて仕返しをしようと決意する。かくして、若い娘を愛人にできない腹いせに、伯爵はフィガロと老嬢を結婚させて彼を困らせようとする。ところが、アンダルシア地方の大法官たるアルマビーバがフィガロに対して、その日のうちにマルスリーヌと結婚するか、さもなければ返せもしない一万リーヴルを返すかどちらかにせよとの判決を下し、仕返しができたと確信したその時に、マルスリーヌがフィガロの母だったことが判明して、伯爵の企みはおじゃんになる。もはや伯爵には若い娘とよろしく楽しむ期待も仕返しの望みも消え失せる。この間に、不実な夫の浮気現場を押さえることで夫を自分のもとに連れ戻す希望を捨てていない伯爵夫人は、シュザンヌと示し合わせて、シュザンヌが庭での逢引を伯爵に承知した振りをし、実際は夫人が愛人役でその場に赴くことにする。ふとしたことからフィアンセが逢引の約束を与えたと知って、フィガロは裏切られたと信じ込み、怒りのあまりシュザンヌと伯爵の現場を押さえようと逢引の場所に隠れる。だが、怒り心頭に発しているその最中、彼はそれが伯爵を欺くために伯爵夫人と侍女が企んだ計画に過ぎないと知って、嬉しい驚きを味わう。彼も結局、喜んでこの楽しみに参加する。アルマビーバは妻に浮気の企みを認めざるを得ず、ひざまずいて許しをこい、夫人は笑ってこれを許す。そしてフィガロはシュザンヌと結婚する。」

シノプシスとしては非常に丁寧で、細かく出来上がっている。これがいつ頃作られたものかは特定できないが、ボーマルシェがこのシノプシスをなぞるようにして作品を書いたのは明らかである。前作に似て、ここでも三角関係が成立するが、それは、シュザンヌを中心にフィガロと伯爵の闘いが繰り広げられることである。だが、闘いはそれだけではない。フィガロとバルトロ、フィガロとアントニオ、シュザンヌとマルスリーヌ、フィガロとマルスリーヌ、マルスリーヌとバジール、バルトロとマルスリーヌ、伯爵とシェリュバン、そして伯爵とアントニオの間にもさまざまな形での葛藤があり、加えて伯爵夫人とシェリュバンの間には微妙な心理的交流が、シェリュバンとファンシェットの間には幼いながらも色事が成立する。前作よりも遙かに錯綜した要素に満ちている。

第一幕冒頭から観客に紹介されるのは、フィガロとシュザンヌの結婚がすでに既定の事実とされているにもかかわらず、廃止されたはずの「領主の権利」をめぐって、漁色家の伯爵が持参金を餌としてシュザンヌに手を出そうとしている状況である。前作『セビーリャの理髪師』では肩書きや地位に関係なく自分自身の努力によって愛するロジーヌを見事に手にした魅力的青年だったアルマビーバ伯爵は、今や夫人を顧みず、近隣の美女漁りに精を出していたが、それにも飽きて、あろうことかバジールを手先に使い、シュザンヌをなびかせようとしている。「漁色家の夫」が「てんやわんやの一日」を利用して「フィガロの結婚」を自分に都合の良いようにねじ曲げんとしているのだ。

フィアンセから伯爵の企みを聞かされたフィガロは、当然、反撃策を考える。それはまず、伯爵にもう一度、「領主の権利」放棄を公に確認させ、伯爵夫人に関してあらぬ疑いを持たせて伯爵の嫉妬心をあおり、持参金をしっかりと頂戴するために結婚式の刻限を早めることだ。伯爵は夫人ロジーヌをないがしろにしていながら、いざ誰かが夫人に言い寄る気配でもあればたちまち男のエゴと面子《めんつ》を丸出しにしていきり立つ。漁色家のくせに自分の領域が侵害されるのは我慢ならない。旧制度下、心の底では第三身分の人々を見下しながら、表面は話のわかる貴族を気取っている中年男である。フィガロはこの弱点を見抜いて夫人や小姓のシェリュバンを利用しようと考える。

ところが、ここにフィガロに金を貸し、返済できないなら結婚をと迫る老女マルスリーヌがいる。彼女はかつての愛人、バルトロ医師をセビーリャから呼び寄せ、その協力を仰いでシュザンヌに圧力をかけ、伯爵になびかせまいと企んでいる。シュザンヌが伯爵に色よい返事をしなければ、怒った伯爵は仕返しに結婚を認めず、マルスリーヌに軍配を上げるだろうとの皮算用である。

こんな連中とは別に、彼らの間を引っ掻き回し、伯爵から目の敵にされるのが、小姓のシェリュバンだ。イタリア語ではケルビーノ、どちらの言葉でも「智の天使」を表す名前だが「智」どころか、思春期の美少年の恋はまことにふわふわと頼りなく、一途に伯爵夫人を慕っているかと思えば、突然、恋心の衝動がシュザンヌに向けられたり、庭師の娘ファンシェットに向けられたりする。そのたびにその行為が伯爵の思惑を妨害するので、伯爵の怒りは増すばかりである。

こうして登場人物は開幕時から二手に分かれる。フィガロの結婚を妨害する側には、自らの欲望を満たそうとする漁色家アルマビーバ伯爵が先頭に立つ。彼が結婚を許すのはあくまでもシュザンヌのお初穂を頂戴したいからで、フィガロへの好意からではない。彼女が承知しなければ、マルスリーヌと組んでたちまち結婚に反対する。マルスリーヌはフィガロに首ったけだから、当然、伯爵と連携する。これにかつてフィガロに煮え湯を飲まされた医師バルトロが加わる。バルトロは、昔の愛人マルスリーヌをフィガロに押し付けて復讐しようと思う。ただし、このバルトロの扱いは、前作『セビーリャの理髪師』序文の中で明かされるバルトロとフィガロの関係をきちんと踏まえてはいない。彼らの関係が明かされるのはあくまでも劇中の裁判の場であって、それまでのバルトロはフィガロの敵方である。加えて、シュザンヌの伯父で庭師のアントニオがいる。彼は姪がどこの馬の骨かわからぬフィガロと結婚するのは大反対だから、伯爵側に立つ。一人、宙ぶらりんはバジールである。彼はフィガロとはもちろん犬猿の仲で、伯爵の意を受け、シュザンヌに向かって伯爵になびくようそそのかすから、心情的には明らかに反フィガロだが、マルスリーヌに惚れて言い寄っているから、彼女がフィガロと結婚しては困るのだ。

これに対して、フィガロ側はフィアンセのシュザンヌと、彼女の結婚を契機に夫の愛情を取り戻したい伯爵夫人、それに夫人を崇拝する小姓シェリュバンは夫人の言いなりだからフィガロ側の持ち駒である。

開幕から両者の力関係は微妙に変化し始める。最初のせめぎあいは「領主の権利」をめぐってのフィガロによる先制パンチである。家来一同の前で、フィガロから改めてこの恥ずべき権利の廃止を感謝された伯爵としては、建前論を振りかざすしかない。

「恥ずべき権利の廃止は婦人の淑徳に対する負債を返したに過ぎない。スペイン男子たる者、美女を射止めんとするのに細やかな心づくしを傾けるのは良いが、この上なく楽しい役目だからと言って、まるで農奴の年貢のごとくその権利を真っ先に要求するのは、まったくもって、野蛮人の暴政であり、カスティーリャの貴族に認められた権利ではないのだ。」（一幕第十景）

問わず語りに「この上なく楽しい役目」などという本音はのぞかせるものの、領主権という封建時代の遺物が復活できる代物ではないことをよく承知していたからこそ、伯爵はバジールを通じた裏取引を図ったのである。だが、裏取引には時間がかかるゆえに、伯爵は結婚式の引き伸ばしとマルスリーヌの出現を望む。そして、彼は、アントニオの娘ファンシェットへ自分より先に手を出した目障りなシェリュバンを、早く厄介払いしようと、夫人のとりなしで彼を許す形をとりつつ、カタルーニャ地方の連隊への合流を命じる。シェリュバンは謹んでこれを受けるが、ここで一つ、伯爵の命令が芝居の最後まで実行されないことに注意しなければなるまい。絶対的な君主のはずのアルマビーバはこの点だけでもその権威を失墜するべく決定づけられているのだ。小姓はいかにも主人を恐れ、おののいているように見えるものの、本当に絶対的君主であるならば、即座にその命令は家来によって遂行されるはずだ。主人の目から逃げまわってはいるが、その家来であるフィガロの指示に基づいて館から去らないシェリュバンの姿は、大革命直前の社会における貴族階級の権威の衰えが民衆によって見透かされていたその象徴だったのかもしれない。

二幕目に入ると、今度は伯爵夫人とシュザンヌが前面に出て、フィガロは二人の傍らで軍師役を務める。フィガロの策略はこうである。「伯爵の嫉妬心を煽り立てるために、偽手紙を仕立てて男が夫人のところに忍んでくるつもりであると知らせ、その一方ではシュザンヌに夕方庭園での逢引を承知したと伝えさせる。そしてその逢引にはシェリュバンを彼女に変装させて送り込む。現場を押さえられた伯爵は、夫人に謝るしかないはずだからシェリュバンは館に留めてある」。この策略を打ち明けられた女二人は、伯爵の浮気心を懲らしめるにはうまい提案だとこれに乗り、フィガロが座を外している間に小姓を呼び寄せて彼の女装を試してみる。だがその最中に、偽手紙を信じた伯爵が乗り込んで来るので計画は破綻しかかる。このピンチはシュザンヌの機転と夫人の頑張りで切り抜けるが、もはや疑われた小姓を使うわけにいかなくなる。しかもマルスリーヌがバルトロと共に出現して伯爵が裁判を約束するから、フィガロと伯爵の闘いは裁判の行方を見るしかない。

この手詰まり状態を救うのは女二人、特に伯爵夫人のアイデアである。

伯爵夫人 （…）あんなことが起きた以上、わたし、お前の代わりにあの子を庭に送る気にはならない、わかるでしょう。

シュザンヌ 私も絶対に参りませんわ。これではまた、私の結婚も…

伯爵夫人（立ち上がり）待って…他の誰かやお前の代わりに、わたしが自分で行ったらどうかしら？

シュザンヌ 奥様、ご自身で？

伯爵夫人 誰も危ない目に遭うわけでなし…伯爵もそうなれば言い逃れはできない…あの人の嫉妬にお灸を据えて、その不実を証明する、そうすれば…そうよ、最初の困難をうまく切り抜けたおかげで、わたしも第二の困難をしのごうとする勇気が出たわ。すぐあの人に知らせてちょうだい。庭に参りますって。だけど、絶対誰にも教えてはだめよ…

シュザンヌ ああ！ でも、フィガロには。

伯爵夫人　だめ、だめ。あれはすぐ取り仕切ろうとするから…。（二幕第二十四景）

ここにフィガロの計画は大きく変更をほどこされた上、さらに効果的な狙いが加わる。しかも、この変更にフィガロは全く関与していない。だから、この二人の女性に作戦の主導権が移り、それが四幕以降のフィガロの悩みにつながる伏線となるのだ。それだけではない。新しい形で夫人と伯爵の関係が構築されようとする。バルトロ医師から自分を救い、愛情に満ちた結婚をしながら、わずか三年ぐらいで他の女に目移りする夫の浮気心を罰し、かつ、自分のもとに呼び戻すべく決心した女性の覚悟が表明される。あくまでも、これは夫人の主体性から出た計画で、フィガロの主導によるのではない。だからこそ、彼女はシュザンヌに、フィガロにも計画を伝えてはならないと命じたのである。

それはさておき、二幕の展開では、舞台に不思議な官能美を醸し出す小道具が用いられていることに留意したい。それは一幕目にシェリュバンがシュザンヌの手から奪う、伯爵夫人が夜寝る時に髪を包むリボンである。思春期の小姓シェリュバンの愛と崇拝の対象は名付け親の伯爵夫人である。一途に自分を慕う彼を言葉の上では子ども扱いしているものの、明らかに官能をそそられている夫人の言動は、二幕の着せ替えの場面全体を通じて観客に伝わってくる。腕の傷の包帯代わりに夫人のリボンを巻いた小姓に、口では絆創膏の方がずっと効くのだと諭しながら、心では感動している夫人とシェリュバンの姿は、官能の世紀と呼ばれる十八世紀に相応しい一枚の絵姿に映る。男性の眼に女性の美しい髪がどれほど性的魅力に満ちたものかは言うまでもないが、その髪を包むリボンを特効薬のように傷口に巻くシェリュバンの夫人への愛情は、単にプラトニックな領域を超えていることを明示している。恋歌《ロマンス》を歌う小姓と女性二人の場面を作者はヴァンローの絵画にたとえたが、二人だけのこの場面もブーシェやフラゴナールあるいはヴァトーの絵筆になるものなら、ロココ風の素晴らしい効果を醸し出したことだろう。

さらに、作者の指定により、若い男優でなく女優によってシェリュバンが演じられることも舞台にいささか危うい雰囲気をもたらしている。男優が年増女に扮する習慣は中世以来十七世紀まで存在したが、これは逆に若い女優による男装だけに効果は性的なものとなる。わが国には宝塚歌劇が存在するから、女優の男装は珍しくないが、それは男性客には一種の倒錯的魅力を、女性客には中性的魅力を与える存在になる。二幕目の伯爵夫人、シュザンヌ、シェリュバン三者の絡みには作者による、官能美を醸し出すための細工が明らかに感じ取れるのだ。幼い時から一家の中で唯一の男子として姉妹の愛情に包まれて育ち、生涯、女性を愛してやまなかったボーマルシェに相応しい工夫ではないだろうか。

ところで、ボーマルシェの研究者たちは一致してフィガロが作者の分身であると指摘するが、分身はフィガロだけではあるまい。夜遊びにふけって父の怒りを買い、一時勘当を受けた自分の少年時代をシェリュバンの姿に重ねたり、マリー＝テレーズ嬢という誠実で家庭的な女性と結ばれながら、生涯、女性遍歴をやめなかった彼は、アルマビーバ伯爵にも自分を重ね合わせたかもしれない。自分の浮気性を伯爵に移し替え、その伯爵を最後に罰して、伯爵夫人に謝罪させたのは、作者がひそかにマリー＝テレーズ嬢に感謝を捧げたものと解釈するのもできないことではなかろう。

だから、大貴族の身勝手を体現したアルマビーバ伯爵は、前作と違って、フィガロと厳しく対立する。三幕目、法廷が開かれる前にこの主従がやり合う場面は迫力に満ちている。

伯爵　かつてはお前もわしになんでも言ってくれたが。
フィガロ　今では何ひとつ隠し立ていたしません。
伯爵　奥方は今度のお見事な共同作戦でお前にいくらくれたのだね？
フィガロ　あの医者の手から奥様をお救いするためにあなた様は私めにいくらくださいましたっけ？　さあ、殿様、立派にお仕えしている者を辱めるようなことはおやめください、悪い召使になりかねませんぞ。
伯爵　お前のすることにはなぜいつもいかがわしさが付きまとっておるのかね？
フィガロ　人のあらというのは探せばどこにでも見つかるものでございますよ。
伯爵　評判ときたら目も当てられない！
フィガロ　で、もし私が評判よりましな人間でしたら？　私と同じように言える殿様がたがたく

さんいらっしゃいますかね？（三幕第五景）

前作に比べると、この主従の関係の変化は際立っている。ロジーヌに愛を語り、結婚へと進んだ青年貴族アルマビーバが放蕩貴族と化して、堕落した心情を示しているのとは裏腹に、フィガロの方は身分の壁もものかは大貴族の主人と渡り合ってフィアンセを守り抜く気概に溢れている。対話の最後のやり取りを見れば、能力に劣り、人間性に乏しい貴族に向かい合う平民の心意気がはっきり示されている。主人と召使の対話の形をとりつつ、無為の貴族より有為の平民こそ人間として卓越しているとの主張が鮮明に打ち出されている。

三幕目の中心は第十五景以降の裁判とそれに続く親子認知の場面である。この種のどんでん返しはすでに十七世紀バロック演劇最盛期からしばしば用いられる技法であって、珍しくはない。劇ジャンルを問わず結末目指して進行する舞台をまとめあげる手法として、モリエール以前からさまざまな作家によって用いられている。しかも、前述のように、バルトロがフィガロの父親だということを知っている観客も当然いるから、この認知場面がどのように展開されるかに興味が集中する。対照的なのはこれまでフィガロに執心し続け、最大の障害だったマルスリーヌが、母親とわかった瞬間から最大の味方に変わるのに比べて、百エキュをフィガロに取られて恨んでいたバルトロの方は、マルスリーヌとの結婚をなかなか承知しないことだ。フィガロに好意的でないアントニオが、両親が結ばれないような状況なら姪シュザンヌをフィガロにはやらんと宣言するにおよび、バルトロは女たちに口説かれてやっと承知するのである。アントニオの反対理由もこれで消滅する。

従って、フィガロと伯爵の闘いについては、伯爵の孤立化と結婚妨害理由の消滅によって片がついてしまう。

さらに三幕終盤では、男のエゴと女の弱い社会的立場についてのマルスリーヌの抗議という、それまでの劇の展開から見れば違和感のあるテーマが顔を出す。

「恩知らずよりもっとひどい男の人たち、あなた方の情欲のおもちゃにされた犠牲者を、軽蔑して非難する人たち！　若い娘たちの過ちについてはあなた方こそ罰を受けるべきなのです。あなた方男性や判事の方々、私たち女性を裁く権利があるとうぬぼれている人たちは、罪深い怠慢から、女性たちが生きてゆくための誠実な方法を奪い去っているのですわ。不幸な娘たちのために、たったひとつでもまともな職業があるでしょうか？」（三幕第十六景）

愛人に捨てられ、物乞い寸前まで窮乏生活を送らざるを得なかった弱者の悲痛な叫びが響く時、観客は、作者がマルスリーヌを、ヒロインの単なる引き立て役として扱っているのではないことを意識する。若い時からディドロの演劇美学に傾倒したボーマルシェの心意気が現れる場面であろう。ディドロは、悲劇と喜劇の間に同時代の社会や家庭に起きるドラマがあり、それを真面目な形で取り扱うところから新しい劇ジャンルが誕生すると主張した作家であったから、彼の劇作品は、私生児問題や家庭内悲劇などをテーマに、当時の町民階級のモラルに彩られている。このテーマはやがて三部作においても『罪ある母』ではっきりと打ち出される。

ただし、ここで男女間のモラルや社会的弱者の問題が顔を出すことによって、それまでの快調なテンポが崩れるのも事実である。この点について、作者自身の考えを伝える、親友ギュダンの言葉を聞いてみよう。

「彼はしばしば私に最後の二幕が最初の三幕におよばないことを認めていた（…）最後の二幕には才気や真実、喜劇性がひらめいてはいるものの、それまでほどの重みはない。しかし、二幕と三幕の活力に満ちた舞台の後で、さらに劇的シチュエーションを強めようとすれば、劇全体がドラマに近づき過ぎてしまったろう。ダイナミックな要素はない代わりに、また陽気な笑いで人々の心を誘い込む必要があったのだ。」

この劇行為の弱さを補い、観客の興味を惹きつけるためにボーマルシェが考えたテーマは、ひとつがフィガロのシュザンヌへの疑惑と悩み、もうひとつが大貴族である伯爵の滑稽化であった。そしてこのふたつを歌や踊りの楽しいパフォーマンスで包み、舞台の深刻化を見事に防いでみせたのである。

フィガロの悩みはもともと誤解に基づくもので、観客もそれを承知だから、深刻ではない。種明かしをされれば、むしろフィアンセの愛情を再確認する内容だから、女性たちの知恵の見事さに感嘆すればそれで済むが、伯爵の方は夫人や召使たちの策略に引っかかって、きりきり舞いをするだけでなく、自分が人間としていかに愚劣であるか大勢の前で暴かれるのだ。それに、味方のはずのアントニオにまで、娘ファンシェットに見境なく手を出した件を咎められた上、最後に至って夫人の浮気も天罰てきめんだと決め付けられてしまう。四面楚歌の「漁色家の夫」は決定的に貶められて終わるのである。

フランス喜劇に登場する下僕は十六世紀末にイタリア、十七世紀初頭にスペインからそれぞれフランス喜劇に導入され，中世以来のフランス笑劇の下僕と混ざり合って発展を続ける。モリエールのスガナレルやスカパン、レーモン・ポワッソンによるクリスパンなどそれぞれ時代を代表する人物も多いが、この芝居のフィガロのように、生まれつき才気に恵まれ、快活な性格の持ち主が、社会の波にもまれているうちに、豊富な経験をもとに才能を培い、身分制度の上にあぐらをかいてのうのうと暮らす貴族たちの無能に目覚めて、彼らより遥かに豊かな人間性を示す存在はどこにもない。愛するフィアンセを守るために、主人と闘ってこれを破る姿に、大革命寸前の観客が熱狂し、喝采を送ったのもごく自然な成り行きであったのだ。

ただ、これをもって作者が大革命の原動力となる芝居を目的としていたと考えるのは行き過ぎであろう。確かに、舞台には能力は生まれに優先するという主張が支配し、身分が高かろうが、無能低劣な人間は恥ずべき存在であるとの趣旨が明確に打ち出されるが、それを階級意識に直結させるような方向は示されない。むしろ、人間性の進歩や思想の進歩を肯定した未来志向のテーマが示されていると考えられる。作者自身、旧制度下パリの第三身分出身者でありながら、それに甘んじず、宮廷に入って一歩一歩、階級的階段を上り、最初の妻の領地の名を借りて、貴族風の名前を名乗った人間である。その方が旧制度の社会では上昇しやすいという考えもあっただろう。実際に、「闘いこそわが人生」と公言して生涯を偏見や社会的障壁と対抗したボーマルシェであるが、個人的には啓蒙思想を信ずる穏健な共和主義者で愛国者と考えるのが妥当ではなかろうか。

第三章『もう一人のタルチュフあるいは罪ある母』一七九二年初演

作品誕生まで

世界史を習った人間なら誰もが知っている通り、フランス革命は一七八九年七月十四日、パリ民衆のバスティーユ砦襲撃によって幕を開けた。「フィガロ三部作」の最後を飾る作品『罪ある母』はちょうどその頃から一七九〇年にかけて主に執筆され、九一年一月頃に完成された。この時期にボーマルシェ自身の生活が社会情勢によって激変していったことは言うまでもない。特に、豪邸をバスティーユ砦の前に建設していた彼にとって、革命の勃発で受けた影響は大きかった。当初は地区委員に選ばれ、革命政府の前身である革命的自治メンバーの一人に選ばれた彼だったから、決して反革命派ではなかったが、むしろ問題は彼に対する民衆の反感だった。

パリの中でも貧民街として治安も良くない、しかも民衆の怨嗟の的であるバスティーユ砦（監獄としても使用）のすぐそばに、ゴンドラを浮かべられるほどの泉水を備えた大庭園付きの豪邸を建てたこと自体、すでに無神経のそしりを受けても仕方がなかったはずだ。功なり名遂げた、目立ちたがり屋のボーマルシェとしては、自己責任で法的に許容された邸宅を建てて何が悪いと考えたのかもしれないが、すでに大衆の人気は彼のもとを去っていたのだ。彼が最もダメージを受けたのは一七八七年から二年にわたって悪徳弁護士ベルガスの攻撃を受けた、いわゆるコルヌマン事件だった。銀行家コルヌマンの不幸な妻を救おうと、例によって義侠心を発揮したまでは良かったが、夫についていた悪徳弁護士ベルガスの文書による執拗な中傷攻撃を受け、それを真に受けた大衆や以前からの敵方によって、彼の社会的イメージは大幅にダウンしていたのである。こうなると、若い頃にはスキャンダルを起こそうが、事業に失敗しようが、いささかのいかがわしさを伴った行動を取ろうが、彼に微笑んでいた運命そのものが背中を向けてしまったような状況となる。

それにもかかわらず彼は革命の大波の中で『罪ある母』完成に励んだのであった。この作品がいつ頃から彼の頭にあったかは不明だが、明らかなのは一七八五年の『フィガロの結婚』出版時につけられた序文に、すでに次のように述べられていたことだ。

「私としては演劇史上で最もモラルに富む主題のひとつをと、私の心を督促しているたくさんのアイデアに、今、手を付けようとしている。すなわち、『罪ある母』だ。もしも人々が私に浴びせかける嫌悪の念にもめげず私がこれを完成できれば、私としては感受性に富むあらゆる女性に涙を流してもらう計画だから、台詞の中身を舞台上の場面の高いレベルにまで向上させ、この上なく厳しいモラルに満ちた表現を惜しまないし、これまで大目に見すぎてきた悪徳の数々を激しく処断するつもりだ。」

従って、書かれたのが大革命のさなかであっても、作者にとってはやがて『罪ある母』でフィガロ三部作を締めくくる予定はすでにあったと考えてよかろう。「はじめに」で触れたように、ボーマルシェとしては壮大な構想のもとに描くアルマビーバとフィガロ一家の一代記をディドロ提唱の町民劇で締めくくるのが啓蒙の時代の演劇に相応しいと考えたのだろう。作品完成までの年月の長さを思うと、革命の嵐にもまれていたのもさることながら、作品は何度も中断したり、手を加えられたりしながら書き続けられたに違いない。例によって、作者はいくつかの社交サロンで作品朗読を行った。そのひとつ、彼に朗読の依頼をしてきたアルバニー伯爵夫人に宛てた手紙を紹介しよう。

「私の厳しい作品の朗読をぜひ聴きたいとおっしゃるのですから、お気持ちに逆らうつもりはありません。ですが、この点はくれぐれもご注意ください。笑いたい時には大口を開けて笑い、泣くべき時には涙にむせぶ、これが私のやり方です。どちらつかずは退屈なだけですから。

火曜の朗読会にはお好きな方をお招きください。しかし、これほど細やかで心地良い悲嘆を、ただ憐れむだけの鈍感な心、ひからびた魂の持ち主は遠ざけていただきたい。こんな連中とは革命の話をするだけでたくさんです。感受性に富む女性たち、心が妄想で満たされていない男性たちをどうぞ。そして、一緒に涙いたしましょう。この悲壮な快楽をお約束します。」

十七世紀古典悲劇の特徴のひとつであった「憐憫」pitié を受け継いで、それに時代の味付けをし、観客の大部分を占めるブルジョワ層の琴線に触れようと試みる。誠実な紳士淑女を襲う突然の不幸は観客の心を打ち、人物への同情と憐憫そして己の人生への深い反省を引き出すはずである。感動した観客は不幸に苦しむ人物に涙し、心は浄化されて美徳を目指すであろう。これが人間の進歩を信じた時代の理想的演劇美学だった。今の時代から考えれば、浅薄な理想論に過ぎないかもしれないが、少なくともこの美学を大真面目に考えていた劇作家たちがいたのは事実である。そして、ボーマルシエも、そのひとりであった。

このことは近代日本における演劇嗜好の一部分を考えても、ある程度の共通性を見ることができる。戦前から戦後しばらく、日本の保守層演劇愛好家に支持された、いわゆる新派がそれである。花柳章太郎、水谷八重子などを中心に、『婦系図』『滝の白糸』等のレパートリーに共通するのは日本的義理人情に貫かれた筋立て、観客の感情、上下関係をもととした道徳観に訴え、涙腺を刺激して共感を得る芝居の数々であった。

問題はそうした作品が、無理なく観客層に受け入れられるレベルに達した完成度を持つか否かである。この点については日本もフランスも事情は変わらないと思われる。

コメディ゠フランセーズはやばやと一七九一年二月には『罪ある母』を上演レパートリーに加えるという手回しの良さだったが、同座の役者たちも、革命以前のように特権にあぐらをかいてはいられなくなっていたのだ。まず、同年一月十三日、憲法制定議会はコメディ゠フランセーズの役者たちの特権を廃止した後、「なんびとも劇場を建てた上で、五年以上前に没した作者の劇作品を上演し得るが、作者存命中は文書による作者の正式な承諾がない限り、フランス全土においてその作品を上演してはならない。」と決議したのであった。これはかつてボーマルシェが『セビーリャの理髪師』上演料をめぐって、役者たちと厳しく対立し、劇作家協会を設立して作者の権利擁護のために闘った事件の結末とも言える出来事であるだけに、『フィガロの結婚』の大成功を踏まえ、『罪ある母』のレパートリー入りは承知しても、作者に対するもやもやした思いがあったに違いない役者たちには面白くなかっただろう。それが証拠に同年四月に作者宛てに送ってきた役者側の手紙には、『罪ある母』の稽古に入るのは了承するが、もうひとりの作品の方がより上演に適しているので先行上演するから是認するようにと彼に譲歩を求めている。

さらに、この一座は一七九一年中に分裂騒ぎを引き起こす。後にナポレオン一世から大のひいきを受けた名優タルマ Talma を中心としたグループはパレ゠ロワイヤル劇団 Théâtre du Palais-Royal、もうひとつのグループはやがて国民劇団 Théâtre de la Nation と名乗るが、このような分裂騒ぎや役者たちとの意思疎通の不足から、ボーマルシェは『罪ある母』を引き上げてしまった。

結局、作品が初演されたのは一七九二年六月二十六日、マレー地区に当時誕生したばかりの小さな劇場でのことである。時は大革命の真最中、四月には対オーストリア宣戦布告、六月二十日には民衆によるチュイルリー宮襲撃が行われたばかりであった。殺伐たる雰囲気がパリの街を支配していたから、芝居どころではなかったと言えばそれまでだが、ジュルナル・ド・パリ紙の伝えるところによれば、

「観客は——それなりに多かった——二幕目、三幕目では控えめというよりむしろ敵意を示すほどだったが、四幕目に喝采し，五幕目を我慢していた。」

とあり、成功とは到底言えるものではなかった。

公演は十五回で打ち切られ、批評家たちはこぞって作品を酷評している。特に前作には好意的だったラ・アルプの批評は激烈で、

「この芝居ではすべてが偽物だ、まったく偽だ。その印象たるや、ただ単に寒々としているだけではない。滑稽でしかも嫌悪の念を起させる。(…) ありそうもないことが場面から場面へとひしめいている。作者はありそうもない出来事を隠そうとして、事実とは思えない性格を登場人物に与えているが、それがまた二重の誤りである。」

これではまったくの駄作で作者のそれまでの名声とはあまりに違い過ぎるが、役者の演技力の

問題もあったらしく、作品はその後、革命の嵐が過ぎ去るまで上演されることもなかった。ボーマルシェの身の上も、初演の三か月前に始まったオランダ小銃取引事件で、八月に逮捕、入獄と危うく命を落としかけ、やがて亡命者リストに載る原因となる経験を経るのである。

恐怖政治が終わり、亡命者リストから外されたボーマルシェが一七九六年七月に帰仏したその十か月後、コメディ＝フランセーズによる再演が行われ、この時は役者たちの好演もあいまって、観客の反応は極めて好意的なものだったらしい。ボーマルシェは観客の呼び声に応えて舞台に上がり、役者たちの間で喝采を受けたと言う。

『罪ある母』は十八世紀中にコメディ＝フランセーズで八回、十九世紀には百六回上演され、一八五〇年まで同座のレパートリーに残っていたが、その後は上演されなくなった。

作品について

初演に先立つ十日前、作者がジュルナル・ド・パリ紙宛てに認めた手紙がコメディ＝フランセーズに保管されている。この手紙が同紙に送られたか否かは不明だがその中に、少なくともボーマルシェが誠意をもって作品の内容を伝えようとする気持ちを披歴している部分がある。後に出版の際、序文にあたる「罪ある母について一言」中にも同じ文言が収録されているから、作者としては大いに力を入れて主張したかったに違いない。

「私はあなた方のために善意をもってこの作品を書いたのですが、あなた方もそのような善意をもって作品を観においでください。そして先入観なしに判断してください。作品中の涙があなた方の涙を誘うのであれば、どうぞ静かに涙を流してください。劇場では虚構の苦しみに涙する楽しみがあるのです。それは残酷な現実が胸を刺す苦しみとは違います。(…)私が敢えてあなた方の眼前に策謀家、この不幸な一家を現在苦しめているおぞましい男をさらすのは、ああ、誓って申しますが、実際にその男が行動するのを目にしたからです。こんな男を虚構から創り出そうとしても私には到底できなかったでしょう。このような怪物どもからあなた方を護るためにこそ(彼らは至る所におります)、私はこの男をフランス演劇の舞台に移し替えたのです。」

引用の前半は町民劇の美学を説く作者の主張であるが、後半の部分は明らかに劇中登場する悪党についての言い訳であろう。ボーマルシェ自身、おそらくこの人物のおぞましさを観客にぶちまけるのが、果たして劇的効果を高めるものか否か、自信がなかったのではないだろうか。それでも敢えて実在の人物とはっきりわかる名前で俎上に乗せた、やむに止まれぬ気持ちを理解してもらいたかったのだろう。いずれにせよ、「もう一人のタルチュフ」と名付けられたこの人物がいかなる男か、まず、作品の梗概を紹介しよう。

前二作と同様、ここにも闘いのテーマが顔を出す。伯爵の忠実な召使フィガロと伯爵の秘書ベジャースの闘いである。だが、ここでの闘いはいかにも暗く、しかも終わった後に苦いおりのような後味を残す。

舞台は『フィガロの結婚』の二十年後、アルマビーバ伯爵夫婦には忠実な召使フィガロとシュザンヌ夫婦がかしずいている。一家は現在、スペインから大革命下のパリに移住しており、この一家にはかつて伯爵夫人がたった一度だけ小姓シェリュバンと犯した不倫の結果生まれた息子レオンと、伯爵がこれまた他の女性との間にもうけ、事実を隠して後見人となって育てた娘フロレスティーヌ、それに伯爵の秘書でシェリュバンの戦友と称する秘書のアイルランド人ベジャースが同居している。

伯爵夫婦の仲は冷え切っており、伯爵はレオンの出生を疑って彼を嫌っている。若いレオンとフロレスティーヌは愛し合っている。秘書のベジャースは伯爵家の財産をのっとり、フロレスティーヌをわが物にしようとひそかにチャンスを狙っている。表面は忠実なベジャースに伯爵一家はすっかり騙され、彼を信用しきっているが、フィガロとシュザンヌ夫婦だけは彼の正体を見抜いて、一家を救おうと決意している。

二十年前、たった一度犯した不倫の罪におののく伯爵夫人の秘密を握り、いかにもシェリュバンの誠実な友という顔をして、彼女のもとに戦死したシェリュバンの遺書を届けたベジャースは、彼女に勧めて二重底の小箱にその手紙を秘蔵させておきながら、偶然を装って小箱のからくりを伯爵に教え、レオン出生の秘密を記した遺書を読ませてしまう。さらにベジャースはフロレスティーヌとレオンの仲を裂くために、伯爵との関係を知らない彼女に向かって、二人は兄妹だから神に許される愛ではないと、伯爵の秘密を教えてしまう。二人に血のつながりがないことは、シェリュバンの遺書を持参したベジャースは初めから承知の上でわざと嘘をつく。

この結果、伯爵は激しく夫人を責め、夫人は自責の念から意識を失う。後悔した伯爵は夫人を許すが、二人は全幅の信頼を置くベジャースに財産を譲り、フロレスティーヌと結婚させて、自分たちは引退する決意をする。

だが、駆けつけたフィガロ夫婦の説明で、すべてはベジャースの陰謀であることを知った伯爵一家は、彼の正体に気づく。そして、陰謀の成功を確信するベジャースの自尊心をくすぐり、伯爵から譲り受けた財産をすべて結婚相手のフロレスティーヌに譲渡する契約を結ばせることに成功したフィガロのおかげで、財産を取り戻し、ベジャースを追放して一家は救われるのである。

従って、「もう一人のタルチュフ」とは当然、ベジャースを指す。

「モリエールのタルチュフは宗教的策謀家だった。だから，オルゴン一家では愚かな主人だけしか騙されなかった。こちらはそれよりもっと危険な、廉直を売り物にするタルチュフで、彼は己が裸に剥こうとする一家全員の尊敬に満ちた信頼をかち得る高等技術を身につけている。こういう策謀家こそ正体を暴く必要があったのだ。」

一六六四年にモリエールが創り出した宗教的偽善者タルチュフは金持ちの町人オルゴンをたぶらかし、彼の家に入り込んでその財産と娘を譲渡されながら、後妻のエルミールまで毒牙にかけようとしたばかりに、正体を現す。今日でも似非信心家や、偽善者の代名詞となるほど有名だが、この名を敢えてタイトルに用いた作者の狙いは、彼がこの種の偽善者をどれほど憎み、かつ嫌っていたかを万人に知らしめるためだったに違いない。ベジャースという名は、コルヌマン事件で彼を誹謗し卑劣な攻撃を執拗に繰り返した悪徳弁護士ベルガスのアナグラムである。アナグラムと言ってもこれは誰が見てもすぐにベルガスだとわかるように意識したものだろう。だから、作者としてはフィガロに打倒される対象としてぴったりの人物を選び、世に警鐘を鳴らしたつもりだったのかもしれない。「闘いこそわが人生」をモットーとしたボーマルシェにはごく当然の発想だったのだろう。問題はこのような個人的怨恨を芝居の中に持ち込む場合、単に生々しいままで、フィクションとして芸術的昇華がなされないでよいのかということだ。批評家ラ・アルプも、現在生きて社会的活動を行っている人間を舞台に取り上げて叩くことの非を説いているから、当時としてもこれは異常な事柄であったに相違ない。

『罪ある母』の序文にはこう記されている。

「不安にかられた悪党はこう思う。『せっかく、この家全員の秘密を握っておれの役に立つよう使えそうなのに、あの召使を首尾よくやつらに追放させない限り，おれの身には不幸が降りかかるだろう。』

一方、私にはフィガロがこう独り言を言うのが聞こえる。『このおれがあの人でなしの弱みを見つけ出し、化けの皮を剥いでみせない限り、この家の幸運も名誉も幸福も、全部なくなってしまう。』」

善意の召使夫婦が悪党の仮面を剥いで、老境に入りつつある主人一家を救う。その姿を見た観客は善が勝利するのを確信し、人間の性の善なることを見て魂は浄化され、カタルシスを得る。自身も老境に入りつつあったボーマルシェは、作品名『罪ある母』にも強い思い入れを持っていた。親友ギュダンが、

「罪があるのは母ではなく妻ではないのか」

と質したのに対して、

「確かにそうだ。しかし、彼女が母親だということを知ってもらいたいのさ。さもないと浮気性の女を見るのだと思われかねないからだよ。」

と、答えただけでなく、序文でも、

「何よりまず、このドラマの題名を『罪ある母』ではなく、『不倫の妻』とか『罪ある夫婦』とかにすべきだったとの疑問にこう答えよう。そうなるともはや、興味の種類が変わってしまうと。恋の駆け引きやら、嫉妬やら、混乱やら、要するに他のエピソードをやたらに導入しなくてはならなかったろう。その上、貞淑な妻がその義務を大きく欠いたことから生ずる道徳的教訓、血気

盛んな若い頃には覆い隠され、失われていた教訓が、人々の目に触れなくなってしまったに違いない。」

『セビーリャの理髪師』や『フィガロの結婚』で、あれほど生気溌剌たるゴロワ風の笑い*を振りまき、民衆の人気を博しながら、年老いたからとはいえ、道徳を旗印とした第三作によって『フィガロ三部作』を締めくくったのは、繰り返すようだが、彼が若い頃からディドロの町民劇の美学に傾倒していたからに他ならない。

今日のわれわれから見れば古臭く、かつ道徳臭に満ちた演劇美学に過ぎないが、十七世紀古典主義演劇時代から続く、フランス演劇の歴史では決してそうではなかったのだ。ジャンル峻別の規則で悲劇と喜劇に分かれていた演劇作品では、悲劇はギリシャ・ローマの英雄・王侯たちの身に起こる事件を、喜劇では同時代の卑近な出来事を取り上げて舞台に展開する。悲劇は喜劇の上位に置かれて、同時代の出来事は悲劇として取り上げる意味を認められなかった。その限界が十八世紀に至って実作者たちに打ち破られ、まずニヴェル・ド・ラ・ショセの催涙喜劇が現れる。彼は世紀前半に、同時代の私生児や結婚問題など社会的テーマを取り上げて観客の涙腺を刺激し

＊ フランスの古名ゴールから来た言葉、中世以来の笑劇や喜劇にふんだんに盛られている自由闊達でいささか放埓な笑い。

た上でハッピーエンドに持ち込む喜劇を書いて、当たりを取った。彼は自分の演劇を理論化しなかったが、一七五〇年代後半に至って『私生児』『一家の父』などの作品とともに「真面目な喜劇」という形で、後世「町民劇」と呼ばれる演劇美学を提唱したのがディドロである。同時代の人間の間にも古代の英雄・王侯たちに匹敵する悲劇があってしかるべきであり、誠実な人々を襲う突然の不幸は観客の心を打ち、憐憫や反省を引き出す、という主張であり、それ自体は今日のわれわれが感心するものではないにしても、フランス演劇史の流れの中で、当時としてはやはり斬新な発想であったことは事実である。ボーマルシェもディドロやヴォルテール、ジャン＝ジャック・ルソーのような啓蒙思想家から学び、人間の進歩を信じていたからこそ、三部作の最後を「町民劇」で締めくくるのが相応しいと思ったのであろう。喜劇の笑いよりもドラマティックな町民劇の方がより一層効果的に観客を惹きつける上位の劇ジャンルと考えたのであろう。

だが、前二作でわかるように、ピカロ*風の主人公フィガロを中心に、波乱に富んだ舞台展開にこそ本領を発揮していたボーマルシェが、果たして町民劇の世界で、より優れた、あるいは同様に観客に訴えかける芝居を書けたかと言えば、それはまったく違う。観客の心を揺り動かし、涙させ、得られたカタルシスを通じて高いモラルを志向してもらおうという作者の意気込みはわかっても、それを強調し過ぎると、いわゆる新派悲劇調の誇張に堕しかねない。作者の誤りもまさにその点にあった。観客を涙させるために、実在の悪徳弁護士を槍玉にあげ、アナグラムを用いたとはいえ誰の目にもそれとわかる形で生々しく舞台にさらし、不自然で詠嘆的な台詞の連続によってモラルを押し付ける形になったのだ。

ドラマの軸になったのは二重底の小箱に秘められたシェリュバンの手紙、戦場で瀕死の重傷を負った彼が、親友と信じて疑わなかったベジャースに託す伯爵夫人宛の遺書である。二十年間も小箱の底に隠されていた遺書が伯爵の目に触れるのは、偶然を装ったベジャースが箱のからくりを操ってそれを取り出すからである。この間の筋の組み立て方はいかにもわざとらしく、喜劇の中ではあれほど見事な筋立てを編み出したボーマルシェと同一作者とは到底思えない。

また、四幕目に、レオンがわが子でないと知った伯爵が激怒のあまり夫人を弾劾する場面では、夫人の絶望と苦悩の表現がまるで百年も前の悲劇を偲ばせるような詠嘆調で、ラ・アルプを初めとした批評家たちに酷評されただけでなく、一般の観客にも奇異に感じられたのであった。

フィガロは、当然、悪党ベジャースを打倒するべく頑張るが、その活躍は主として舞台裏で行われ、観客の目にはそれが映らない。また、フィガロもシュザンヌも、ひたすらお家の一大事を解決するために全力を尽くす忠義の召使であって、ダイナミックな面白さに欠ける。二人とも伯爵夫妻と共に年老いたのだ。芝居のテーマから見ても生気溢れる舞台を期待するべくもない。も

＊　スペイン語で「悪党」を意味する。一六世紀なかばスペインの作者不詳『ラサリーリョ・デ・トルメスの生涯』が代表する、悪党を主人公にその活躍を描く小説がピカレスク小説としてヨーロッパ各国に広まる。フランスでは一八世紀初頭のルサージュによる『ジル・ブラス』が有名。

う一人のタルチュフであるベジャースにしても、女性の色香に迷って馬脚を現すタルチュフと違って、ただひたすら悪の化身のごとく描かれる。悪徳弁護士ベルガスへの個人的恨みのせいでもあろうが、悪を憎み善を求める心を観客に植え付けるにはそれが効果的だと考えたのだろうか。だが、結局それは舞台の雰囲気を暗澹《あんたん》とさせるだけで、芸術性を殺す結果にしかなっていない。

なるほどアルマビーバ家の歴史とフィガロ夫婦の半生はこの『罪ある母』によって町民劇の枠組みに収まった。だが、『セビーリャの理髪師』の颯爽たる青年貴族が、結婚後数年にして『フィガロの結婚』で漁色家の正体を表し、老境に達してから、若気の過ちを悔いて良き父親、寛大な夫となる結末は、これまた老境に入ったボーマルシェの道徳心を満足させただけで、劇的完成度とは程遠い三部作になった観がある。作者の立場に立てば、『罪ある母』によってこそアルマビーバとフィガロの物語が完結するのであって、他の形は考えられなかったのかもしれない。それが、啓蒙時代に生を享け、ヴォルテールやディドロを信奉してやまなかった彼の行き着く場所だったのだろう。

喜劇の世界でこそ稀有の才能を発揮したボーマルシェであるのに、町民劇こそが最高の演劇と信じたところに彼の錯覚があったのであり、それは同時にこの種の演劇美学を人間の進歩と結びついた新しい劇ジャンルと信じた劇作家たちに共通した落とし穴でもあったに違いない。この時代の町民劇作品に今日生命力を保っているものがないのが、何よりの証拠と思われる。

あとがき

改めて言うまでもないことだが、劇作品は舞台から観客の耳に台詞が届いた時に、理解されることを前提に書かれている。歌舞伎や能のような昔からの伝統芸術は現代語ではないし、時代劇もまた、ものによっては昔風の台詞になるから、それなりに観客側の知識が必要だが、現代劇についてはさほどの知識がなくても理解できなくてはなるまい。翻訳についても同様だと考える。どれほど日本語としてこなれていても、それが現代の読者や観客にわからないほど古びてしまっては、意味をなさない。辰野隆訳『フィガロの結婚』は一九五二年に岩波文庫として発表されて以来、半世紀以上にわたって、読者たちを魅了してきた。だが、われわれ教師が大学の授業で原典をテクストとして用い、学生諸君に参考資料としてこれを紹介すると、今日では辰野訳の日本語があまりにも古くすでに死語と化した言葉が多くて、よくわからないという声が圧倒的である。日本とフランスでは言語の近代化の時期が全く違い、近代フランス語の成立は十七世紀だから、十八世紀後半に書かれた『フィガロの結婚』を現代風に訳すのは、上演を考える上でも自然であろう。特に上演を意識する劇作品の翻訳は、時の移り変わりとともに、現代語に訳し直されてしかるべきだというのが私の考えである。

確かわが国で『フィガロの結婚』の初訳がなされたのは大正末期、井上勇によると思うが、以来、何人もの訳者による作品が提供されている。しかしながら、翻訳者は裏切り者というラテン語の諺どおり、どれほど注意しても人間のすることに完全はない。先人諸氏、特にこの半世紀、文庫として読まれてきた辰野隆の翻訳には、日本語は古いなりに巧みであっても、数多くの誤訳が見出される。誤訳を訂正するのは、後から来た者の義務であるから、私としてはそれに留意しつつ、今回の新訳を行った。この名作を、古色蒼然たる文庫の訳から現代の上演に耐える新訳に蘇らせようと、できる限り試みたつもりである。

フィガロ三部作については私自身思い入れがある。昭和二十三年か、二十四年頃だったか忘れたが、いわゆる新劇（この言葉も死語になった）合同公演が、有楽町にあったピカデリー実験劇場で行われ、『フィガロの結婚』が上演されたのだ。当時の私は、中学三年か、高校一年だった。日本が敗戦後の焼け跡から立ち上がり、ようやく東京の街も少しずつ復興した頃である。これと、ジャン・コクトーの映画『美女と野獣』を日比谷映画劇場で観たことが、私の心をフランス文化に向けさせる動機となった。

今でも覚えているが演出は青山杉作、アルマビーバ伯爵を千田是也、フィガロを小沢栄太郎、伯爵夫人を東山千栄子、シュザンヌを岸輝子（新進女優が抜擢されたが上演直前自殺したため、ヴェテランの彼女に替わった）、シェリュバンを楠田薫、他にも村瀬幸子、信欣三、赤木蘭子などの面々が出ていたと思う。ほとんどすべての方々は鬼籍に入られたが、日本演劇界の復活を記念する、まさに画期的なメンバーによる実に楽しい公演だった。

この時の印象がよほど強かったのだろう。一九六〇年にフランス政府の給費留学生として渡仏して以来、『セビーリャの理髪師』や『フィガロの結婚』がパリで上演されると、それが演劇、オペラにかかわらず切符を手に入れてせっせと見に行った。

帰国後、中央大学の教員となってもフィガロ三部作については、いつか自分の手で翻訳し、自分なりに日本の人たちにその魅力を伝えたいという思いが強まった。幸い、『セビーリャの理髪師』については岩波文庫で新訳を、『罪ある母』についてはだいぶ前になるが白水社から「マリヴォー・ボーマルシェ名作集」の中に本邦初訳の形で収録し、その後、絶版になってからは新潮社のオペラCDブック『モーツァルト フィガロの結婚』の中に入れていただいた。最後に残ったのがこの『フィガロの結婚』だったが、幸い、大修館書店社長鈴木一行氏のご好意で三部作の詳細な解説とともに新訳を出版することができたのはまことに嬉しい限りである。かつて同書店から出した『闘うフィガロ——ボーマルシェ一代記』が図らずも平成九年度芸術選奨文部大臣賞を頂戴した縁もあったが、今日の出版界でこの種の翻訳や解説を出すのがいかにリスクを伴うかを思えば、まことに幸運としか言いようがない。中央大学の学長職を終え、定年退職して八年後にやっと宿願を果たすことができたのは喜ばしい限りである。

出版にあたり大変お世話になったのが、編集第二部次長米山順一氏、同じく編集第二部の小林奈苗氏である。特に小林氏には原稿の段階から細かく助言、調査などで助けていただき、感謝に堪えない。お二方には心から御礼申し上げる。

この本にはフランス演劇愛好家だけでなく、オペラ愛好家の方々にも目を通していただければ、私としては望外の喜びである。

最後に、身の程知らずとは思うが、この本を恩師鈴木信太郎、渡辺一夫両先生の御霊に捧げたいと思う。

二〇一二年一月　　鈴木康司

参考文献

フランス語文献

1. Beaumarchais, *Œuvres*, par Pierre et Jacqueline Larthomas, Paris, Gallimard, Bib. de la Pléiade, 1988
2. Beaumarchais, *Œuvres comlètes*, par Louis Moland, Paris, Garnier, s.d.
3. *Théâtre complet de Beaumarchais*, texte établi et annoté par René D, Hermies, Paris, Magnard, 1952
4. Beaumarchais, *Correspondance*, par B. N. Morton, Paris, Nizet, 4 vols. 1969-1978
5. Gudin de la Brenellerie, *Histoire de Beaumarchais*, Paris, Plon, 1888
6. Louis de Loménie, *Beaumarchais et son temps*, Paris, Michel Lévy, 2 vols, 1858
7. Eugène Lentillac, *Beaumarchais et ses œuvres*, Paris, Hachette, 1887
8. Frédéric Grendel, *Beaumarchais ou la calomnie*, Paris, Flammarion, 1973
9. Duc de Castries, *Figaro ou la vie de Beaumarchais*, Paris, Hachette, 1972
10. René Pomeau, *Beaumarchais ou la bizarre destinée*, Paris, PUF, 1987
11. Félix Gaiffe, *Le Mariage de Figaro*, Amiens, E.Malfère, 1928
12. Claude Petitfrère, *Le Scandale du «Mariage de Figaro», Prélude de la Révolution française ?*, Bruxelles, éd. Complexe, 1989
13. Jean-Pierre de Beaumarchais, *Beaumarchais, le voltigeur des lumières*, Paris, Gallimard, 1996

邦語文献

一．ボオマルシェエ『フィガロの結婚』辰野隆訳、岩波文庫、一九五二

二．『マリヴォー・ボーマルシェ名作集』小場瀬卓三、田中栄一、佐藤実枝、鈴木康司訳、白水社、一九七七

三．ボーマルシェ『セビーリャの理髪師』鈴木康司訳、岩波文庫、二〇〇八

四．鈴木康司『闘うフィガロ――ボーマルシェ一代記』大修館書店、一九九七

第一部の新訳については主としてフランス語参考文献の1から3と、時に応じてClassiques Bordasも参照した。

第二部の解説ではそれ以外のフランス語文献と必要な場合に邦語文献の拙著も参考とした。

［著者紹介］
鈴木康司（すずき　こうじ）
1933年生まれ。東京大学文学部卒業，同大学博士課程修了。文学博士。
中央大学名誉教授，元学長。フランス演劇史専攻。
主要著書：『下僕像の変遷に基づく17世紀フランス喜劇史』『フランス文学講座 4　演劇』（共著），『闘うフィガロ――ボーマルシェ一代記』，『わが名はモリエール』（以上，大修館書店），『フランス十七世紀演劇集――喜劇』（共著・共訳），『フランス十七世紀の劇作家たち』（以上，中央大学出版部）
主要訳書：『マリヴォー・ボーマルシェ名作集』（共訳，白水社），『新マリヴォー戯曲集 I』（共訳，大修館書店），タシャール『シャム旅行記』（岩波書店，「17・18世紀大旅行記叢書」7 所収），ヴェラス『セヴァランプ物語』（岩波書店，「ユートピア旅行記叢書」所収），他
受賞歴：『スタンダード和仏辞典』（共著）で第25回毎日出版文化賞（1971年），フランス政府より教育功労章オフィシエ（1987年），『闘うフィガロ――ボーマルシェ一代記』で平成 9 年度芸術選奨文部大臣賞（1998年），瑞宝重光章（2009年）

［新訳《しんやく》］フィガロの結婚《けっこん》　付《ふ》「フィガロ三部作《さんぶさく》」について

NDC 952／iii, 293p／19cm

初版第 1 刷――2012年 3 月10日

著作者――ボーマルシェ
訳者・解説者―鈴木康司《すずきこうじ》
発行者――鈴木一行
発行所――株式会社 大修館書店
〒113-8541 東京都文京区湯島2-1-1
電話03-3868-2651（販売部）03-3868-2293（編集部）
振替00190-7-40504
［出版情報］http://www.taishukan.co.jp

装丁者――井之上聖子
図版提供――ユニフォトプレス
印刷所――広研印刷
製本所――牧製本

ISBN 978-4-469-25080-0　Printed in Japan